4 ω

D0830083

UN SOIR DE DÉCEMBRE

Delphine de Vigan est notamment l'auteure de *No et moi* (Prix des libraires), de *Rien ne s'oppose à la nuit* (Prix du roman Fnac, Prix du roman France Télévisions, prix Renaudot des lycéens et Grand Prix des lectrices de *Elle*) et *D'après une histoire vraie* (prix Renaudot et prix Goncourt des lycéens en 2015). Ses romans sont traduits dans plus d'une vingtaine de langues.

Paru au Livre de Poche :

D'APRÈS UNE HISTOIRE VRAIE
LES HEURES SOUTERRAINES
LES JOLIS GARÇONS
LES LOYAUTÉS
NO ET MOI
RIEN NE S'OPPOSE À LA NUIT

DELPHINE DE VIGAN

Un soir de décembre

ROMAN

JC LATTÈS

© Éditions Jean-Claude Lattès, 2005.
ISBN : 978-2-253-07099-3 – 1ʳᵉ publication LGF

À Gawin et Xercès

Savoir que l'écriture ne compense rien, ne sublime rien, qu'elle est précisément *là où tu n'es pas*, c'est le commencement de l'écriture.

Roland BARTHES,
Fragments d'un discours amoureux.

Quand elle s'est assise en face de lui, il a replié ses jambes sous sa chaise, genoux serrés, dos voûté, son corps s'est amoindri, dans cet imperceptible mouvement de rétraction qui, en présence d'une femme, lui échappe parfois. Avant de mettre en marche le magnétophone, elle s'est approchée de lui, de telle sorte qu'il peut maintenant sentir son parfum. Il y a longtemps, il aurait sans doute glissé la main sous la table, par défi ou par provocation, il aurait cherché la douceur de ses cuisses, en la regardant droit dans les yeux. Mais aujourd'hui non.

Elle l'observe et elle attend. Il pourrait lui dire qu'il aime le chemisier qu'elle porte, les taches de son sur sa peau, là ou les boutons sont défaits, et ce parfum ambré qui lui rappelle quelque chose. Il y a longtemps qu'il n'a pas rencontré une femme aussi belle, qu'il n'a pas fait de compliments à une femme, voilà à quoi il pense tandis qu'elle vérifie que la cassette tourne encore. Elle sait attendre, laisser peser le silence, sans baisser les

11

yeux, et puis le déchirer de sa voix claire au moment où il s'y attend le moins.

Il n'aurait pas dû accepter l'interview.

Sur le livre, il a déjà tout dit. Mais elle en voudrait davantage. Cette noirceur. Elle voudrait savoir.

Il dit on abrite tous une perte ou un manque, quelque chose en creux qu'on a fini par apprivoiser. Il sourit. Il a terminé son deuxième verre, il allume une cigarette, il n'a pas très chaud, il regarde les doigts de cette femme, noueux et mobiles, qui dansent sur la table quand il tarde à répondre, ses ongles faits, rouge sang, les veines fines qu'on devine sous sa peau. Elle ne porte pas de bague, excepté, à l'annulaire droit, un anneau d'argent.

Elle demande pourquoi il a commencé à écrire si tard, elle s'excuse, ce n'est pas ce qu'elle voulait dire, elle demande pourquoi il n'a pas écrit plus tôt.

Il dit que c'est venu comme ça, un jour, qu'il n'y avait jamais pensé, avant. Il parle de la douceur du soir, de la musique qu'il écoutait, du plaisir qu'il y trouvait, une forme d'ivresse, oui, c'est vrai. Et en même temps ce sentiment étrange de se perdre.

Il fait glisser son pouce sur ses lèvres, il réfléchit, il cherche ses mots. Il tourne le dos à l'horloge, il n'ose pas se retourner.

Elle demande si il a grandi dans une ferme, s'il a vécu en Normandie, il répond non. Il ne faut pas croire tout ce qu'on raconte dans les livres. Elle sourit, rattrape la mèche qui lui tombe sur les yeux.

Pour la longueur de ses mains, pour l'imperceptible sourire qui n'a pas quitté ses lèvres, à elle pourtant il pourrait dire le vrai et le faux, la vérité et la fiction. À elle il pourrait dire ce jaillissement continu qui l'avait assis à sa table, pendant des semaines, ce sentiment d'abandon resurgi de l'écriture, intact.

À elle il pourrait raconter que sa mère a eu neuf enfants et n'en a élevé aucun, à elle il pourrait expliquer comment ils ont été répartis dans des familles d'accueil, sur un périmètre d'une centaine de kilomètres, et que sa sœur était la chef majorette du village. Avec un costume orange et bleu.

À elle il pourrait parler de ses deux fils qui grandissent et le renvoient sans cesse au petit garçon qu'il était, caché dans les arbres dès qu'il rentrait de l'école, et la peur qu'on vienne le reprendre.

À elle il pourrait dire la joie et la violence d'être père, cet édifice privé de fondations, sans généalogie, fragile.

Mais on ne peut pas dire des choses comme ça. À quelqu'un qu'on ne connaît pas.

Alors il rit.

Il dit : voilà.

Ils sortent ensemble, se serrent la main devant la porte du café. La ville grise miroite sous le ciel opaque, il découvre les trottoirs mouillés et respire l'odeur terreuse de la pluie. Matthieu Brin rentre chez lui. Avant de monter l'escalier, il s'arrête dans la cour pour prendre le courrier. Parmi les lettres et les prospectus, il remarque une enveloppe dont l'adresse est écrite à la main. Il s'attarde un instant sur l'écriture régulière, presque enfantine, avant de faire glisser son doigt sous le rabat pour le déchirer. Il s'étonne que la lettre lui soit adressée à son domicile, de surcroît sous son vrai nom. Depuis plusieurs semaines, il reçoit un courrier abondant que son éditeur lui fait suivre ou qu'il vient chercher lui-même lorsqu'il passe dans le quartier. Des gens l'ont lu et lui écrivent, d'Aulnay-sous-Bois, de Nancy, de Bordeaux, de Gif-sur-Yvette, de Colmar, de Nîmes ou Saint-Maur-des-Fossés. Des gens qu'il n'a jamais vus et ne verra jamais. Les lettres se ressemblent, hésitantes, emphatiques, maladroites, intimes parfois, elles s'additionnent les unes aux autres et façonnent peu à peu un miroir qui se brouille lorsqu'il tente d'y trouver son propre reflet. Certaines, griffonnées sur un coin de table, vibrent encore de cette émotion qui pousse à dire, tandis que d'autres, recopiées d'une écriture régulière, après plusieurs brouillons, laissent deviner sinon une réelle préoccupation formelle, du moins une volonté de bien faire. On commente son livre, on souligne la pureté de son style, on le remercie, on lui propose des rendez-vous. Au dos de l'enveloppe, l'adresse est notée avec application, appelle une réponse, quémande quelques mots. Au début, il répondait à chacune d'elles. Mais au troisième tirage, il a renoncé. Il préfère ne répondre à aucune plutôt que d'avoir à choisir. Il les lit toutes avec le même empressement, la même curiosité, conscient d'obéir malgré lui au narcissisme impérieux qui le conduit depuis toujours à chercher son image dans le regard des autres. Puis il les range dans un carton d'eau minérale, converti par hasard à cette fonction de Temple fragile.

Il glisse la clé dans la serrure. Il fait le tour de l'appartement pour s'assurer qu'il est seul, enlève ses chaussures, s'installe sur le canapé et parcourt rapidement les cinq feuillets, écrits au stylo plume bleu. Il se sentirait bien s'il n'avait dans la bouche ce goût de café qui lui reste au palais quand il en boit trop. La lettre n'est pas signée. Elle n'est pas si différente des autres.

À peine plus intime, à peine plus familière. Pourtant, il la relit. Cette femme le tutoie, mais elle n'est pas la seule. D'autres lectrices avant elle ont adopté le «tu», une manière sans doute de créer le rapprochement, d'imposer la proximité, en tout cas c'est ainsi qu'il se l'est expliqué – et cela ne lui déplaît pas – pour accepter ce tutoiement de la part de femmes qu'il n'a jamais vues. Cette femme est une lectrice parmi d'autres, il en a lu de plus intrusives, de plus désespérées. Il aimerait replier la lettre, comme les autres, la ranger, allumer la radio, profiter de ce moment de solitude, mais il y a cette phrase, *«les rides te vont bien»*, sur laquelle il s'attarde, cette phrase qui laisse à penser que cette femme le connaît, ou plutôt qu'elle l'a connu, *avant*, mais avant quoi ? Est-il capable de dater ça, l'apparition des rides autour des yeux ? Les rides sont venues sans qu'il s'en rende compte, comme le reste, cette usure qui ronge, qui emporte tout.

Il y a dans ces pages quelque chose d'inachevé, comme si la lettre était reliée à autre chose, ou plutôt – car, penché sur cette écriture régulière, déliée, il lui semble qu'il peut en épuiser le mystère – comme si cette lettre ne constituait qu'une entrée en matière. Il la lit une troisième fois. À mesure qu'il reprend ces lignes, à mesure que, d'une certaine manière, cette femme semble se rapprocher, le sens de sa lettre lui échappe.

Cette femme le connaît. Mais à ce moment précis il lui est impossible d'en conclure qu'il connaît cette femme.

Il s'est assis dans la cuisine, les pieds calés sur le barreau de la chaise, la lettre pliée dans une main. Quelque chose s'immisce à l'intérieur de lui, comme une lointaine résonance, il ne bouge plus, attentif à chaque partie de son corps, il songe à la femme du magazine, qu'il a quittée tout à l'heure, il a seulement envie de rester là, immobile, d'étirer ses pieds sous la table, de regarder autour de lui. Il suffit de trouver un point d'ancrage, pour que son corps s'apaise. Sur le mur il remarque une tache jaunâtre, qui commence à hauteur des yeux et se prolonge, sur quatre ou cinq centimètres, vers le sol. Il s'approche, passe son doigt, gratte avec l'ongle, sans succès, prend un couteau, gratte encore. Il observe cette matière vieillie qui s'effrite et se disperse en une dizaine d'éclats secs. Il faudrait qu'il appelle quelqu'un tout de suite. Il a besoin d'entendre une voix au téléphone. Il s'approche du combiné accroché au mur puis se ravise. Il attrape un paquet de chocos BN dans le placard et s'assoit de nouveau à la table. Il est fatigué, voilà tout. Il ne dort pas assez. Élise le lui a dit ce matin, il devrait prendre quelques jours de vacances. Elle a dit regarde-toi dans une glace tu devrais t'arrêter, il n'y avait pas d'aigreur dans sa voix, peut-être un peu d'inquiétude. Et quand ils se sont séparés, à huit heures quinze devant la porte de l'immeuble, quand il l'a regardée s'éloigner d'un pas pressé, les mots sont restés : regarde-toi dans une glace.

Il mange deux ou trois biscuits puis il vide le lave-vaisselle, jette quelques journaux qui traînent et entreprend de démonter le percolateur qui ne marche plus depuis quelques jours. Il attrape la lettre laissée sur la table et la range dans le tiroir de son bureau, lui conférant ainsi, sans qu'il en soit conscient, un statut particulier. Il est quatre heures, Paul et Louis vont rentrer de l'école, cartable sur le dos, mains tachées d'encre, il les fera goûter, surveillera leurs devoirs, et les choses reprendront leur cours.

Bientôt il ne fait plus qu'attendre, guettant le bruit de l'ascenseur, les mains posées à plat sur la toile cirée.

Je porte un tailleur rouge cerise et un foulard jaune d'or. Je vernis mes ongles et je mets du rouge à lèvres. On me paye pour ça. Pour être jolie. Pour être aimable. De huit heures à quinze heures, dans le hall d'une grande entreprise, j'accueille les visiteurs. Je souris, je fais remplir des fiches, je réclame des pièces d'identité, j'édite des badges, je préviens des cadres débordés que leur rendez-vous est arrivé. Il faut se maquiller et avoir les cheveux tirés. Je sens le regard des hommes quand je baisse les yeux, incisif, qui soupèse, évalue, prend la mesure. Je suis celle qui reste. Qui regarde les autres, la pluie sur leurs manteaux, la sueur sous leurs aisselles, et ce petit signe de la main qu'ils m'adressent parfois, quand ils s'en vont. C'est un travail parmi d'autres, j'en ai essayé un certain nombre.

Un matin, une femme s'est approchée de mon comptoir, démarche assurée, foulard de soie autour du cou, elle était attendue au 18e étage pour une réunion avec le P-DG. Tandis qu'elle fouillait dans son sac en quête de sa pièce d'identité, elle a posé devant moi le livre qu'elle tenait à la main. Pendant quelques secondes, j'ai regardé la photo en bandeau sur le livre, l'homme sur la photo. Sur un ton de confidences, elle s'est approchée : c'est un très beau roman, je vous le conseille. Je lui ai tendu son badge et j'ai souri.

Voilà comment j'ai rencontré ton livre. Comment, d'une certaine manière, il est venu à moi. Le titre me faisait peur, j'ai préféré attendre. J'ai profité des derniers jours de soleil, déjeuné dehors aux terrasses des cafés, repoussé comme tout le monde le moment où il faudrait enfiler des collants. C'est pareil tous les ans, on finit par croire que l'hiver ne reviendra pas. Un matin, on attrape un pull avant de sortir, on ne sait pas encore que quelque chose a changé, qu'il y a dehors cet air humide, qu'on avait presque oublié, qui transperce la peau. Le soir en rentrant on allume le chauffage, pour la première fois. C'est à ce moment précis, tandis que cette chaleur sèche se diffuse à travers la pièce, dans le ronronnement de la chaudière à gaz, qu'il faut se rendre à l'évidence. La nuit est tombée et quelques gouttes frappent au carreau. On appelle ça la rentrée.

Rentrer d'où, je te le demande, de quoi revient-on, encore vivants, de quel été, de quel ennui ?

J'ai gardé de l'enfance cette sensation physique, qui m'étreint toujours aux premiers jours de septembre, cette conscience aiguë d'un cycle immuable, que rien n'arrête, rien n'adoucit, ni le nouveau cartable, ni le manteau presque neuf hérité de ma cousine, ni les cahiers à spirales dont je caressais les pages immaculées. J'ai gardé de l'enfance cette appréhension, ancrée dans la mémoire du corps quand remontent les odeurs d'automne, cette impatience aussi, du commencement, du recommencement. Chaque année, je sens en moi cette excitation confuse, comme si quelque chose devait basculer, comme si cette fois la vie pouvait être différente. Et puis ce sentiment de lassitude, à cause de tout ce qu'il reste à faire, ces lendemains opaques qu'on a devant soi. L'année commence en septembre quand il faut reprendre le métro, faire développer les photos, quand il faut sortir les pulls des placards.

J'ai passé en revue mes éternelles bonnes résolutions : faire du sport, me coucher tôt, manger sainement, prendre rendez-vous chez le dentiste, rencontrer quelqu'un. Dans une salle d'attente où je n'attendais plus, j'ai trouvé une critique de ton roman, accompagnée d'une brève biographie.

La presse est élogieuse. Je t'ai raté à la radio, mais je t'ai vu à la télévision. Je ne me lasse pas de ces gros plans sur les auteurs, quand on lit devant eux un passage de leur livre, à voix haute, ce mouvement imperceptible des lèvres qu'ils ont malgré eux, comme s'ils regardaient leur fille chanter au spectacle de fin d'année. Les rides te vont bien, surtout celles autour des yeux qui les rendent plus doux. J'aime ton visage sur les photos, cette manière de te mettre en scène au milieu de nulle part, loin de cette agitation autour de toi, des premières listes annoncées pour les prix littéraires, tu regardes l'objectif, les mains derrière le dos ou glissées dans tes poches, absent. Et puis cette nonchalance qui t'accompagne sur les plateaux de télévision, comme si tout ce folklore n'était pas pour toi, tes réponses laconiques quand tous sont pendus à tes lèvres, cette façon que tu cultives, qui agace parfois, d'être à la frontière. Tes mots surprennent, déroutent, inattendus mais jamais hors de propos, ils révèlent ce décalage qui nourrit ton écriture, sa violence silencieuse, sa nudité même.

Je crois pourtant que tu apparais tel que tu es, avec cette distance qui te protège, que tu protèges, cette intuition exacte d'un monde qui t'abrite mais ne t'appartient pas.

Je voulais laisser grandir le désir de te lire. Pendant quelques semaines, je me suis contentée des extraits cités par les critiques. Et puis j'ai acheté le livre. Je l'ai glissé dans mon sac pour qu'il s'use un peu, qu'il se patine. J'ai fini par m'y plonger. En marchant dans la rue, et puis tard dans la nuit.

C'est un livre qui résonne, dont on ne peut se défaire.

Ce soir je me suis assise à une table, j'ai posé devant

moi ce bloc à petits carreaux et ce stylo plume que j'ai depuis l'âge de onze ans, qui traîne toujours au fond de mon sac. C'est sans doute la seule chose que je n'ai pas réussi à perdre. Ce soir, j'ai commandé une bière et j'ai décidé de t'écrire une lettre. Je suppose que tu en as reçu des dizaines comme celle-ci. Peut-être sauras-tu lire entre les lignes, dans cet espace intact qu'aucun mot ne caresse ni ne frappe, ce que je ne sais pas dire.

C'est une image qui revient sans cesse, depuis quelques jours, une image oubliée ramenée à la surface, intacte. C'est mon reflet dans un miroir, en pied, je porte une robe fluide aux motifs géométriques, roses et beiges sur fond blanc, des chaussures à lanières et des talons hauts, j'ai relevé mes cheveux. Je viens de rentrer chez moi et je me regarde dans le miroir – étrange réflexe – j'observe mon visage en quête d'une blessure qui ne se voit pas. Je ne pleure pas. Quelque chose s'est ouvert sous mes pieds dont je ne peux sonder la profondeur.

C'est cette image qui revient, lointaine. Et cette incroyable précision : la robe, à peine froissée, le maquillage, les chaussures, cet apprêt ridicule, ce sentiment d'humiliation.

Voilà sans doute l'infini pouvoir des livres.

À bientôt.

Il a éteint la lumière, il a déposé sur leurs fronts le baiser rituel, et laissé derrière lui la porte entrouverte. Il était neuf heures, les garçons étaient couchés, Élise dînait dehors avec des collègues et il était seul. Il lui a semblé qu'il sautait dans le vide. Il a mis un disque, il s'est lavé les mains dans la salle de bains, il a retiré ses chaussures et s'est laissé tomber sur le canapé.

De là où il se trouve, il peut voir la porte de son bureau. Depuis combien de temps n'est-il pas entré dans cette pièce ? Ce soir il pourrait. Il hésiterait peut-être, dans le silence, à tâtons il chercherait l'interrupteur, il allumerait la lampe, fermerait le store, ferait glisser les feuilles devant lui. Il ferme les yeux. Il croit sentir en lui ce battement sourd, impatient, qui défiait la nuit, il croit que c'est revenu, comme avant. Mais au fond il sait bien que non, qu'il ne doit pas. Et maintenant cette chaleur au ventre qu'il croit reconnaître. C'est à cause de la lettre, du trouble qu'elle a laissé, ou peut-être du vin qu'il a bu au dîner. Il voudrait tellement. Entendre le frottement des mots, sentir, sous la mine rapide, la fibre du papier, et, pesant sur ses épaules, cette fatigue d'être resté courbé trop longtemps. Écrire, mais écrire quoi ? Il n'a plus rien à dire. N'est-ce pas d'ailleurs ce qu'il aurait dû expliquer à cette femme aux ongles peints ?

Cette brèche ouverte dans l'harmonie du silence, et la peur de tout perdre.

Mais quand elle lui a demandé, comme des dizaines d'autres avant elle, ce qu'on pouvait écrire après ça, il l'a regardée et il a répondu : Rien. Elle a éteint le magnétophone, elle a rangé le livre dans son sac, elle a souri. Il sait bien ce qu'elle a dû penser, en enfilant son manteau. Elle en avait vu d'autres avant lui, et leurs feux de paille ou de papier, qui meurent au premier coup de vent.

Un soir d'hiver, il avait sorti d'un tiroir un cahier à spirale et l'avait posé devant lui, comme on décide de vider un placard ou de trier de vieux vêtements. Jusqu'à ce jour, en dehors de son activité professionnelle qu'il considérait comme l'expression d'un vague talent rédactionnel, il n'avait jamais rien écrit. Il n'avait jamais tenu de journal intime, n'avait commis ni poème ni lettre d'amour et jugeait vaine toute forme d'épanchement littéraire. À quarante-cinq ans, alors qu'il menait une vie que d'aucuns jugeaient enviable, il avait posé une feuille devant lui et avait écrit : « *Nicolas se penchait, les mains calées sur la rambarde du balcon. Le souffle coupé, il mesurait son attachement à la lumière, son désir du lendemain. À quinze ans, si près de basculer, il goûtait chaque jour le vertige de cette chute impossible.* »

D'autres mots étaient venus ensuite, nécessaires et étrangers. Sur le papier quelque chose palpitait qu'il ne pouvait abandonner.

Il avait continué à écrire et s'était gardé d'en parler autour de lui. Chaque soir, il y était revenu. Pendant quelques mois, peut-être plus. Il avait constaté, à mesure que les pages s'accumulaient et constituaient une histoire qui n'était pas vraiment la sienne, à quel point celle-ci l'accaparait. Élise avait d'abord pensé qu'il était rattrapé par quelque ambition inavouée. Puis, se rendant à ses arguments, elle avait accepté les longues heures qu'il passait à écrire, sans plus de questions ni de commentaires.

Un matin, il avait glissé les feuillets dans une enveloppe kraft, pour aller au bout des choses : un roman écrit par inadvertance, dans un rond de lumière, pour le plaisir d'être seul, de fermer derrière lui la porte du bureau quand les enfants étaient couchés. Il avait envoyé le manuscrit à plusieurs maisons d'édition, sans y croire, et déjà il lui avait semblé que le texte ne lui appartenait plus, qu'il suivait maintenant une trajectoire qui lui était propre et ne cesserait de s'éloigner de lui. Le texte, bien qu'il en fût *l'auteur*, ne le concernait plus. Un premier éditeur l'avait appelé – il avait d'abord cru, en découvrant le message sur son répondeur, à un canular – puis un deuxième, puis un troisième. Pendant plusieurs semaines, il n'avait pas dormi. Il sentait monter en lui une excitation confuse, il ne pensait plus qu'à ça : il avait écrit quelque chose qui allait devenir un livre. Il imaginait le plaisir qu'il éprouverait à tenir l'objet entre ses mains, la réaction de ses proches, cette incrédulité qu'il garderait sans doute, il imaginait le meilleur, mais aussi le pire, des hordes de journalistes contre lui déchaînés, des critiques assassines, des passages ratés à la télévision, des interviews désastreuses, empesées d'hésitations et de silences, des lectures bredouillantes, le départ d'Élise, lassée de tout ce bruit autour de celui qu'elle ne reconnaîtrait plus. Et puis, petit à petit, il s'était rendu à des pensées moins exaltées. Il avait écrit un livre, voilà tout. Ce n'était pas le meilleur, mais ce n'était sans doute pas le plus mauvais. L'ascenseur était toujours en panne et les voisins du dessus persistaient à jeter leurs bouteilles dans le vide-ordures au beau milieu de la nuit. Quelques mois le séparaient de la date de parution. En attendant, il fallait continuer à vivre, à travailler, emmener les garçons à l'école et aux anniversaires. Il s'était laissé rattraper par son organisation professionnelle et familiale, il en aurait presque oublié le reste, cette histoire de livre, comme s'il l'avait inventée.

Quelques jours avant la sortie de son roman, il était passé chez son éditeur prendre les exemplaires qui lui étaient destinés. Dans le métro, il avait tenu le livre entre ses mains, fier et droit sur son siège, et en même temps il en avait éprouvé de la honte, comme si cette fierté constituait la preuve flagrante de son imposture. Il n'était pas en droit d'attendre quoi que ce fût, il avait écrit un livre par faiblesse ou par mégarde qu'il découvrait maintenant comme si c'était celui d'un autre, tournant les pages avec précaution, un livre qui, enserré dans cette couverture qu'il avait tant de fois manipulée pour lire de *vrais* auteurs, ne pouvait lui appartenir. Peu de temps après, il avait été invité à une émission littéraire. Comment pouvait-il parler d'un roman qu'il doutait d'avoir écrit ? Ce soir-là, dans la chaleur des projecteurs, il s'était assis au milieu des autres et, terrorisé comme il l'eût été à l'approche d'un inévitable désastre, il avait parlé. Il lui avait d'abord semblé qu'il se trouvait en dehors de lui-même, qu'il écoutait quelqu'un d'autre, ses mains s'agitaient devant lui par sursauts, répétant dans le désordre les mêmes gestes courts, saccadés, déconnectés du sens des mots. Et puis soudain, c'était venu d'un coup, comme la douleur se réveille après l'anesthésie, il avait senti le livre battre. Car le livre n'était rien d'autre qu'une partie de son corps, amputée, vivante, et criait comme un enfant qu'il eût tardé à reconnaître, un enfant abandonné dont le sang d'encre charriait son empreinte.

Dans le silence il avait entendu la violence de ses mots, il avait senti le regard des autres, il avait cru voir, tout autour, cette émotion poisseuse qui éclaboussait les murs. Dès le lendemain, les ventes avaient explosé.

Ils se sont assis autour de la table, Annabelle s'est plainte qu'il faisait froid, Éric est arrivé en retard, Pierre, à peine installé, s'est mis à poser des questions inutiles. C'était lundi et les choses prenaient une tournure normale. Malgré les deux cafés qu'il avait bus avant la réunion, Matthieu s'était posé sur un siège avec la certitude qu'il avait laissé tout ou partie de son cerveau sur son oreiller. Pendant les dix premières minutes il a mobilisé toutes ses forces pour écouter, le corps légèrement penché en avant, dans cette posture attentive, ostensible, qu'il adopte souvent quand il sent qu'il s'éloigne. À la troisième intervention de Pierre, Matthieu s'est renversé en arrière et a étendu ses jambes sous la table.

Maintenant c'est trop tard. Il est en dehors. Il regarde leurs bouches, il entend leurs paroles, il comprend chaque mot qu'ils prononcent, isolément, mais ne saisit pas le sens de leurs phrases, l'ambition de leur propos, parfois ils se mettent à rire, parfois ils prennent un air grave, et il sent qu'il fait de même, malgré lui, sourcils froncés, mine réfléchie. Il est déjà loin, il vagabonde, il ne distingue plus que la couleur de leurs vêtements, et au loin la voix de Pierre, dominante.

Il a choisi la bonne place, face à la fenêtre, ni trop près ni trop loin du radiateur. S'il se décale un peu sur la gauche, il évite le pied de la table. Sur son bloc il dessine le contour des carreaux, tire des traits, fabrique des losanges, remplit des carrés, quand il lève la tête il observe la danse des nuages, quand il ferme les yeux les jours et les semaines sont étalés devant lui, et leur prévisible enchaînement, il se sent si las, à peine rentré de vacances et depuis quand le ciel a-t-il cette lumière d'automne.

— Et toi, Matthieu, qu'est-ce que tu en penses ?

Il cherche les derniers mots, ils doivent être quelque part, suspendus dans l'air ou à la limite de sa conscience, s'il se dépêche, il doit pouvoir les attraper, délais, retard, supplémentaire, client, mais déjà, la dernière fois…

Mais Pierre n'attend pas.

— Nous avons trois semaines de retard, trois cents argumentaires à rédiger avant la fin du mois, est-ce qu'on prévient le client maintenant ou bien est-ce qu'on met le paquet pour y arriver ?

Il devrait être en mesure d'émettre une idée définitive sur la question. Il devrait être capable de répondre sans hésiter, sur ce qui lui revient. Il devrait dire mettons le paquet, n'est-ce pas d'ailleurs ce qu'on attend de lui, expert du prêt-à-porter féminin, de la lingerie et des chaussures, spécialiste s'il en est du catalogue de vente par correspondance, lui qui rédige depuis dix ans des argumentaires au kilomètre, capable de décrire pulls, jupes, nuisettes, bottines et parkas en paragraphes courts, calibrés, dans une langue qui obéit davantage aux règles du marketing qu'à celles de la syntaxe. Il devrait savoir, mais il n'en a pas la moindre idée. D'ailleurs, il s'en fout.

Ils ont décidé sans lui. Il est retourné aussitôt là d'où il venait, il ne sait pas bien où ; il a continué à les regarder comme il se serait attardé devant une émission de télévision dont on aurait coupé le son.

Il lève la tête pour leur dire à demain, bonne soirée, j'éteindrai tout. La porte claque et il n'entend plus que le ronronnement des ordinateurs. L'agence est vide. Il inspire profondément, allume une cigarette, fait glisser devant lui les dernières photos. Rien ne lui échappe. Aucun détail, aucune ombre. Il est capable d'identifier n'importe quelle matière, de nommer les motifs, les encolures et les emmanchures, et d'estimer, au centimètre près, la hauteur d'un talon ou la longueur d'une jupe. Il y a longtemps qu'il ne regarde plus les fiches techniques fournies par les clients.

Il aime cette heure où tout s'apaise, quand le téléphone s'est tu, quand la nuit est venue et que les autres sont rentrés chez eux, il aime être celui qui reste. Alors il peut observer les femmes, lisses et silencieuses, s'approcher d'elles, figées sur le papier glacé, il passe son doigt sur leurs hanches, étudie la cambrure de leurs reins, le velouté de leur peau, et il lui semble qu'elles lui sourient. Il aime les retrouver, les reconnaître, il n'a pas de préférence, il les aime toutes, les fidèles comme les éphémères, moulées dans des robes, enveloppées dans des peignoirs, cheveux courts, longs, mouillés, et cette insouciance dans leur regard. Elles sont belles, elles courent sur les plages, émergent des mers turquoise, traversent les rues en riant, et ce soir, comme chaque fois qu'il reste seul, elles lui appartiennent.

Il a prévenu Élise qu'il rentrerait tard. Il ouvre la fenêtre pour entendre le bruit de la rue, étale les clichés devant lui. Il a juste besoin de ça : la transparence des tissus, le grain des peaux, le mouvement des corps.

Il se souvient combien il a aimé les femmes. Comme il savait les prendre au dépourvu, les amuser, les surprendre, comme il était devenu maître dans l'art du double sens, de l'ambiguïté. Il a aimé les femmes dans leur nombre et dans leur genre, il a aimé chacune de celles qu'il a caressées, une nuit ou quelques nuits, il a aimé les séduire, les déshabiller.

Longtemps il avait cru qu'il ne pourrait jamais renoncer au plaisir de les conquérir, de découvrir ces corps uniques en leurs courbes, en leur matière, fébriles sous la paume, sous les lèvres, tendus ou abandonnés. Il lui semblait alors qu'il ne pourrait jamais se contenter d'une seule, fût-elle la plus douce ou la plus belle, qu'il ne pourrait jamais renoncer aux autres. Il avait voulu les femmes avec passion. Il avait joui de ce pouvoir qu'il était conscient d'exercer sur elles, de cette séduction avide et immédiate, il s'était repu de leurs regards fiévreux ou ingénus, il avait pleuré aussi, les poings meurtris contre des portes fermées. Il n'était ni chasseur ni collectionneur. Il les avait aimées, le temps d'une nuit ou d'un appartement, et leur succession – ou parfois leur simultanéité – n'avait obéi qu'aux circonstances ou aux opportunités. À chacune de ces rencontres avait succédé une rupture, peu importait qu'elle fût ou non de son fait, qu'elle s'inscrivît dans la douleur ou dans le soulagement, car il avait retiré de chacune de ces séparations un sentiment de victoire, d'accomplissement. Parce qu'alors il lui semblait qu'il pouvait tomber amoureux, encore et encore, que là était sa force, sa puissance, dans cet élan sans cesse renouvelé.

Il a renversé son gobelet sur le clavier de l'ordinateur. Quand il s'est penché pour attraper la boîte de Kleenex, il a fait tomber la pile de dossiers posés sur son bureau. Il a ramassé les photos éparpillées sur la moquette, épongé le café répandu sur le bureau, éteint la cigarette qui se consumait toute seule dans le cendrier.

Il tape du bout des doigts, regarde ailleurs. *Forme galbée, la robe de charme, décolleté profond, devant et*

*dos, coupée dans le biais, pinces poitrine, 50 % polya-
mide, 50 % viscose, longueur 95 centimètres, existe en
rouge uniquement.* Il inspire profondément, étend ses
jambes sous la table, *sandales fines et sophistiquées,
jeu de lanières croisées, en cuir, doublure synthétique,
fermeture par bride cheville avec boucle métal réglable,
talon huit centimètres…*

Il a besoin d'une main sur sa peau.

Il a besoin que quelqu'un le prenne dans ses bras.

Et de sentir son souffle entravé par cette étreinte.

Il est parti pendant deux jours à Laval, il était invité par le festival du premier roman pour rencontrer des élèves de collège et de lycée. Dans une salle du palais des congrès, il s'est installé devant une grande table, face aux élèves. Certains étaient venus en car, de la campagne ou de l'autre côté de la ville. Ils avaient lu le livre, étudié des passages, ils avaient préparé des questions.

Les classes se sont succédé, et chaque fois il lui a semblé que c'était une alchimie différente, cette rencontre entre eux et lui, une partition invisible faite de regards, de sourires intimidés, de coups de coude et de rires étouffés. Ils ont raconté leur découverte du livre, leur connivence avec le personnage, ils ont raconté Nicolas comme s'ils le connaissaient maintenant mieux que lui, se l'étaient approprié, comme si l'adolescent de quinze ans était désormais parmi eux, assis à une table, dans la moiteur de cette salle surchauffée, à l'abri.

Le soir il était convié pour une séance de dédicace en

librairie et puis il a dîné avec les gens de l'association, dans un restaurant du centre-ville. La soirée s'est étirée, il aurait pu rester là toute la nuit, enveloppé par cette douceur, cette gentillesse.

Le deuxième jour on l'a conduit dans un lycée technique où l'attendaient des élèves d'une classe de seconde. Les tables étaient disposées en rond, ils se sont assis, ils avaient préparé une lecture à plusieurs voix, des passages choisis ici et là, dans le désordre. Il a observé leurs visages, il a senti ses maxillaires se contracter, sa gorge se nouer, il a forcé sa respiration à ralentir, progressivement.

Dans le train du retour il n'a cessé de penser à ce moment, d'une force incroyable, à cette émotion qui l'avait envahi, à l'effort qu'il avait dû faire pour ne pas pleurer, il a cherché des mots pour raconter à Élise ce qu'il avait ressenti, cette puissance, et comme les phrases de son livre avaient soudain résonné, portées par ces voix d'adolescents, comme elles s'étaient soudain chargées de cette douleur qu'il n'avait jamais voulu apprivoiser. Il n'a cessé de penser à ces quelques minutes, suspendues, à ce cadeau immense qu'ils lui avaient fait, dont ils ignoraient sans doute la valeur, dans son sac étaient roulés une dizaine de collages qu'ils avaient réalisés en classe sur le thème de l'abandon.

Quand il est rentré les garçons étaient à table, Élise l'avait attendu pour dîner. Il l'a prise dans ses bras, il avait besoin de respirer son parfum, il n'a pas réussi à lui dire, il n'a pas trouvé les mots pour décrire, et puis Paul le tirait par la manche pour lui montrer les photos de sa compétition de basket.

Un peu plus tard son portable a sonné, c'était la femme du magazine qui proposait de lui envoyer par mail le portrait qu'elle avait fait de lui. Elle voulait s'assurer que rien ne le blesse ni ne le contrarie.

Avant de se coucher, Paul a voulu qu'il leur raconte pour la centième fois les farces qu'il faisait quand il était petit, les pétards qu'il enfonçait dans les bouses de vache – et celui qui était resté dans sa main tandis qu'il se bouchait les oreilles –, les escargots glissés dans la trousse de toilette de la surveillante de nuit, quand il était encore en foyer, les lits en portefeuille, les potions à base d'orties, ces histoires qu'ils accueillent chaque fois avec la même hilarité, comme si la seule idée qu'il puisse avoir été enfant suffisait à les mettre en joie.

Quand les garçons se sont couchés il a allumé l'ordinateur pour imprimer le document envoyé par la journaliste, il n'a pu s'empêcher de sourire en découvrant le titre : « Portrait d'un homme opaque ». Il a lu le papier, lui a téléphoné tout de suite pour la rassurer, il trouvait ça bien. Juste, oui, étonnamment juste. Il l'a remerciée.

Il a rejoint Élise dans la cuisine, elle terminait la vaisselle, il s'est approchée d'elle par-derrière, il a soufflé dans son oreille : attention, je crois que l'homme opaque va te baiser.

Quand il marche, quand il s'allonge, quand il laisse l'eau chaude couler sur son visage, il lui semble s'extraire de son propre corps et prendre l'exacte mesure de sa vacuité.

Le matin, il se lève le premier, prépare le café, sort le chocolat en poudre et les tranches de pain de mie, met le lait à tiédir dans une casserole. Les garçons entrent dans la cuisine, pieds nus sur le carrelage, il s'émeut de leurs visages froissés, des épis dressés sur leur tête, de leur silence engourdi. Il aime ce moment qu'il passe à côté d'eux, avant que la journée commence, et dans leurs yeux le rêve qui s'attarde. Quand il sort de la salle de bains, ils sont habillés, baskets aux pieds, prêts à partir. Élise descend avec eux, part en direction du métro, il accompagne les garçons devant l'école puis marche jusqu'à l'agence. Rien n'a changé. En dehors de son travail et des quelques interviews qu'il continue d'accorder, il fait l'expérience d'un tranquille désœuvrement. Cela ne lui déplaît pas. Il exécute les gestes, respecte les horaires et les itinéraires, il se regarde vivre, ni présent ni absent, ignorant ce qui lui échappe comme ce qui lui appartient. Pourtant il lui semble, depuis quelques jours, qu'il attend quelque chose. Il n'y a dans cet état aucune impatience, plutôt une forme d'inertie. Il traîne dans la rue, ici ou un peu plus loin, à la merci du hasard. Dehors, il se sent bien. La rue bourdonne de la vie des autres, de leurs paroles et de leurs pas pressés. D'une voiture ou d'un magasin, d'une fenêtre ou d'une porte cochère, des corps surgissent qu'il accueille d'un regard furtif, des corps flous, imprécis, enveloppés dans des manteaux de laine, campés sur des escarpins. Depuis quand le ciel a-t-il cette lumière d'automne ? Il traîne pour rentrer, s'arrête en chemin pour boire un verre, s'attarde devant des vitrines, fait la queue dans les tabacs et les boulangeries, différant par toutes sortes de pauses ou de détours le moment où il poussera la porte de son immeuble et où plus rien ne pourra arriver. Il monte lentement l'escalier, fait tourner la clé dans la serrure.

Il a choisi la couleur des murs, de la moquette, et celle de ses vêtements.

Il a choisi la marque du café, celle de la chaîne hi-fi et du lave-vaisselle.

Il a choisi la vie qu'il mène.

Le soir, il s'allonge près d'Élise. Ils font l'amour avec douceur, il connaît si bien son corps, sa chaleur, la moiteur de ses cuisses, et son souffle à l'orée du plaisir.

Pendant quelques heures, il dort d'un sommeil profond comme si sa vie pouvait s'arrêter là.

Plus tard des femmes déchirent la nuit, multiples et mouvantes. C'est un rêve qui revient, depuis quelques jours, un rêve idiot qui pourrait le faire sourire s'il ne gardait, au creux du ventre, longtemps après le réveil, cette sensation de perte. À travers les draps, il perçoit leur présence, leur chaleur irradiante, leurs corps impalpables. Elles glissent dans un même cortège qu'il observe de loin, il crie ou s'élance vers elles, incapable de les approcher, de distinguer leurs visages, il les suit ou les précède, ou bien elles fondent sur lui, solubles dans l'air, disparaissent au moment où il croit pouvoir les toucher. À mesure que les jours passent et que le rêve devient plus fréquent, il lui semble qu'il connaît ces femmes, qu'il les connaît toutes. Il se réveille au milieu de la nuit, corps brûlant, incapable d'en nommer une en particulier, ivre d'un désir sans objet qui le maintient éveillé plusieurs heures. Élise l'entend se lever avec précaution, elle le devine, dans l'obscurité, enfilant son pyjama, elle écoute le bruit de l'eau dans la salle de bains, les portes qui se referment doucement. Pieds nus sur la moquette, il se faufile entre les meubles, contourne les obstacles, cherche un endroit où déposer sa peur. Assis par terre, immobile, recroquevillé sur le silence, il guette la fuite des heures.

Plus tard, il retourne dans la chambre et se glisse

sous les draps. Il se colle contre Élise, elle soupire dans le sommeil. Il se rapproche d'elle, sent sur sa jambe la douceur de sa peau, écoute dans le silence sa respiration redevenue régulière.

La lettre est restée dans le tiroir, il n'y est pas revenu.

En dehors d'Élise et des mannequins du catalogue Deux Soleils, Matthieu n'a des femmes qu'une vision approximative. Il est myope et ce handicap est devenu pour lui la seule façon d'appréhender le monde et de s'y mouvoir. Quelques semaines après son mariage, il a cessé de porter ses lunettes. Il n'a donné aucune explication, n'ayant élaboré aucun argument susceptible de justifier cette lubie. Peu à peu, il s'est habitué à évoluer ainsi, au milieu de formes indistinctes et de silhouettes mouvantes, attentif aux couleurs et aux lumières, prudent puis confiant, dans un décor imprécis dont il ne distingue que les contours. Certes, il ne reconnaît pas toujours ses amis ou ses voisins quand il les croise dans la rue, mais compense ces manquements à la plus élémentaire courtoisie par un regard dénué de tout jugement. Des visages, il ne perçoit que la douceur et les courbes, incapable au-delà d'une certaine distance de deviner leur âge ou leur beauté. Au-delà d'un mètre le monde lui apparaît lisse et harmonieux, jamais ne le heurte ni ne l'interpelle. Hors de chez lui, il a pris l'habitude de s'éloigner des choses et des gens, de les maintenir à distance, afin qu'opère cette vision tronquée, édulcorée, qui gomme les aspérités et lui dérobe les corps. Il évite les foules et les heures de pointe, se rend à pied à l'agence et fuit systématiquement les lieux ou les occasions qui lui imposent la promiscuité.

Ce mode de vie induit quelques contraintes qu'au fil du temps il a apprivoisées. Par exemple, lorsqu'il doit se rendre en métro dans un endroit où il n'est jamais allé, il monte toujours en tête ou en queue de rame, afin de pouvoir déchiffrer, au moins du côté où il se trouve, les panneaux de correspondance et de sortie. Pour ses rendez-vous il privilégie les endroits dont il connaît la géographie utile (toilettes, sortie…) et arrive toujours en avance pour ne pas avoir à chercher, au milieu d'une foule résolument anonyme, la personne qu'il doit y retrouver.

Au début, il gardait ses lunettes sur lui, glissées dans une poche, en prévision de quelque incontournable problème d'orientation. Mais maintenant il les laisse chez lui, il en a oublié l'existence en même temps que la nécessité. Il évolue dans un monde sans visage, hormis celui de ses proches, et cela lui semble dans l'ordre des choses, il va et vient, dans ce léger brouillard qui le protège et lui laisse parfois croire, puisqu'il ne distingue rien au-delà d'une certaine distance, qu'il ne peut être vu.

J'aimerais savoir où vont ces gens, la nuit, dans les métros. D'où ils reviennent. J'aimerais savoir où dorment les pigeons, et s'ils ferment les yeux. J'aimerais savoir si tu m'as aimée. Je me tiens à distance de l'énigme du monde, j'évite les réponses quand d'avance je les sais indécises. Je laisse faire, et j'attends. En face de mes fenêtres, un arbre perd ses feuilles et me rappelle que l'hiver est là. L'hiver, je passe mes soirées dans les bars. C'est une forme d'hibernation. Je traîne, je m'assois au comptoir ou au fond des salles, j'observe. Selon les heures et les jours de la semaine, j'ai mes habitudes. J'aime la lumière jaune du Café des Bulles, ses âmes errantes, ses murs recouverts de photos de famille. Je suis là parce qu'il faut bien être quelque part. Je regarde, je m'imprègne, je me remplis de bruit et de fumée, j'emplis ce vide en moi que rien ne comble ni ne soulage, invisible à même la peau, profond sous la chair indemne. Parfois je fais semblant de lire pour qu'on m'oublie, parfois je reste comme ça, la tête haute et le regard indiscret. Je suis les conversations alentour,

45

j'écoute les gens, j'assemble les morceaux, j'essaie de deviner leur histoire, ou je l'invente, j'imagine d'où ils viennent, où ils vont, je regarde les lèvres rouges des filles, les mains des hommes quand elles sont longues. Je retarde le moment où il me faudra rentrer chez moi. Le soir, passée une certaine heure, je préfère la salle au comptoir. Je ne suis pas là pour boire. Pas tant que ça. Je laisse le zinc aux vrais piliers, les habitués, des hommes surtout, les coudes usés, la sueur au front, ils sentent l'alcool et la peine, cherchent des compagnons d'élégie, se rapprochent, font glisser leur verre, commentent l'actualité et les fesses des filles qui passent. Au fond, la vue est imprenable. Je sirote, je gribouille, je me frotte les yeux. J'attends l'engourdissement des membres, j'attends que la chaleur et le brouhaha opèrent, comme une anesthésie, j'attends de parvenir à cet état de fatigue où je finis par être en dehors de moi-même. Pas très loin. Parfois des hommes m'abordent, ceux qui sont de passage. Les autres me connaissent, ont déjà essayé, savent combien ma conversation est limitée. Les nouveaux, je les vois venir de loin, quand ils se dirigent vers ma table, ils demandent à voix basse l'autorisation de s'asseoir, ils veulent savoir comment je m'appelle, ce que je fais là, si tard, si seule. Du comptoir, on gueule «tiens, encore un qui tente sa chance». Parfois ils me racontent leur vie, parfois ils caressent mon visage, comprennent vite que je fais partie du décor.

À cause de quelque chose dans leurs yeux que je ne

sais pas décrire, certains sont venus chez moi. Mais pas tant que ça.

Hier, j'ai eu trente ans. Cela n'a pas tant d'importance. Ce soir comme d'autres soirs, je suis assise dans un bar. Peu m'importe le temps qui passe, je ne porte plus de montre depuis que j'ai jeté la mienne, un soir de décembre, dans une bouche d'égout.

Je suis immobile. Il m'arrive de penser que je suis l'immobilité même. Je conjugue le verbe attendre, j'en épuise les sens, sur tous les modes, sur tous les tons. J'attends le bus, j'attends mon heure, j'attends que tu viennes, j'attends mon tour, attends-moi, attends que je t'y reprenne, j'attends que jeunesse se passe, j'attends de pied ferme, j'attends le bon moment, tout vient à point à qui sait attendre, le train n'attendra pas, j'attends qu'il revienne, je l'attends comme le messie, ça attendra demain, qu'attends-tu de moi, j'attendrai le jour et la nuit, j'attendrai toujours, je n'attends pas après toi, je n'attends pas d'enfant, j'attends qu'il m'appelle, j'attends qu'il me parle, en attendant mieux, je ne m'y attendais pas, surtout ne m'attends pas.

Je suis une spectatrice. À l'intérieur comme à l'extérieur, de près ou de loin, été comme hiver, dans le silence ou dans le bruit, je regarde les autres. Mes amis font des voyages, des projets, des échographies. Ils vivent leur vie, s'éloignent à mesure qu'ils avancent, le vendredi ou le samedi m'invitent à dîner. Je crois que je les aime, j'aime leur présence. Leur présence me suffit. Je fais mine de participer aux conversations, je maintiens un genre de service minimum, je donne le change. Je ris avec eux, je lis des histoires à leurs enfants quand ils vont se coucher, je lève mon verre comme eux, à la vie, tant qu'à faire, n'ayons pas peur des mots, je m'enfonce dans leurs canapés, je pose des questions, je m'intéresse, me nourris de leurs anecdotes, de leurs états d'âme, de leurs doutes et de leurs certitudes, je regarde ce qu'ils construisent autour de moi, dont je ne saurais poser la première pierre, ce qu'ils échafaudent, tandis que je m'enfonce dans une torpeur aphone ou me dilue dans des alcools forts. Je me suis retranchée dans une économie de parole qu'ils ont fini par remarquer, contre laquelle ils s'insurgent, se rebiffent, ils retournent mes questions, scandent nos conversations de «et toi?», jamais ne se découragent, ils me serrent dans leurs bras quand je prends congé, me rappellent, me proposent de partir avec eux en vacances ou en week-end, m'invitent à leurs soirées, ils cherchent pour moi des princes charmants, ressortent de derrière les fagots les soupirants de la première heure, me présentent des jeunes hommes de mon âge, sains, drôles, salariés, bref, des garçons stables qui me trouvent toujours très jolie.

Le lundi quand je reprends le métro, au milieu des corps anonymes et des livres ouverts, il m'arrive de croire que quelque chose pourrait arriver, qui me couperait le souffle et bousculerait l'ordre des jours. Je franchis les portes d'un immeuble de verre, dans le vestiaire j'abandonne mes jeans délavés et mes pulls aux manches étirées, j'enfile mes escarpins et mon uniforme d'hôtesse d'accueil, rectifie mon rouge à lèvres dans le miroir du placard. Au-dessus du sein gauche, je porte un badge avec mon prénom.

Entre douze et treize heures, je suis en pause. Je déjeune au self avec la standardiste du marketing. Elle me raconte sa vie. Ses démêlés avec son fiancé, ses randonnées en roller, ses vacances en Ardèche. Elle voudrait un enfant, mais il trouve que c'est trop tôt. Julie connaît toute la boîte mais c'est moi qu'elle a choisi. Moi la taiseuse. Elle est invitée aux pots, aux soirées, aux anniversaires, refuse dix invitations à déjeuner par semaine et ne peut pas faire cinq mètres sur la moquette bleu roi sans serrer une main ou tendre la joue. Je me suis longtemps demandé ce qui la rendait si accessible aux autres. J'ai fini par comprendre que parler de soi était aussi une manière de donner. Julie n'attend pas qu'on lui pose des questions, qu'on lui manifeste de l'intérêt, elle donne sans compter, immédiate. C'est sans doute ce que j'ai fini par perdre, cette capacité à se raconter. Par paresse, peut-être. Alors j'entretiens des relations dépourvues de contenu, privées de sens, j'écoute et je n'ai rien d'autre à offrir que l'écho feutré de mon silence.

Mes parents s'inquiètent parce que je ne grandis pas.

Je n'ai jamais fini les études que j'ai entreprises, je n'ai pas de projets ni d'envies, je change de travail tous les six mois, parviens à peine à payer mon studio, je n'ai pas rencontré d'homme pour fonder un foyer et je dépense mon argent dans les bars, mais ça ils ne le savent pas. J'évite leurs appels, je leur écris des cartes postales, je vais les voir pour Noël et pour Pâques, je regarde avec eux les émissions qu'ils préfèrent, je raconte des histoires volées à d'autres, j'épluche des légumes sur la toile cirée, je me glisse dans les draps de mon enfance, je reprends le train.

Par la vitre, je les regarde s'éloigner.

J'aimerais savoir ce que tu fais, comment tu vis. Te voir rire. Parfois, aux heures où les visiteurs se font plus rares, comme je n'ai pas le droit de lire, je me plais à t'inventer. Je t'imagine dans des dîners mondains où tu apparais comme l'attraction de la soirée, un prix littéraire pour un premier roman, et pas des moindres, cela doit faire son petit effet. Je t'imagine, beau parleur, jamais un mot de trop ou de travers, tu racontes les interviews, les émissions, tu cites les critiques, porté par le succès tu prends des notes au milieu des conversations, te relèves la nuit pour écrire, tu délies des phrases ponctuées jusqu'à l'ivresse, aiguisées, qui jamais ne s'éteignent, jamais ne perdent la musique, des phrases qui résonnent longtemps.

Ou bien tu n'y arrives plus. Devant toi une feuille blanche t'éblouit, t'intimide, te défie. Tu as perdu quelque chose mais tu ne sais pas bien quoi. Parfois j'ai *l'impression de pouvoir te voir, tes doigts qui glissent sur tes lèvres, quand tu réfléchis. C'est plus difficile, question d'enjeu. Chaque jour tu pars travailler, la mine un peu plus soucieuse, tu mâches du chewing-gum dès huit heures du matin, pour passer tes nerfs, pour broyer ton angoisse, tu t'énerves quand tes enfants traînent dans la rue, tu les embrasses devant l'école, tu marches jusqu'à ton travail, tu te demandes si autour de toi les gens te reconnaissent, cela arrive parfois, tu bois un café, tu allumes ton micro, tu tapotes sur ton clavier, tu te laisses porter par ces heures neutres, tu as hâte d'être ailleurs ou d'en être plus loin. Le soir quand tu rentres, tu passes au supermarché pour faire quelques courses, galettes au sésame, jus de carotte, céréales sans sucre ajouté, tu imagines que cela résoudra le problème, cette fatigue qui t'étreint, comme si la vie était une affaire de vitamines. Et puis tu rentres, tu aides tes enfants à faire leurs devoirs, ta femme à mettre la table, tu lis des journaux pour t'informer du cours des choses. Quand tu n'as plus rien d'autre à faire, quand tu ne peux plus reculer, tu t'enfermes dans ton bureau, tu couches quelques lignes sur le papier, prudentes, indécises, tu cherches, tu tâtonnes, tu abandonnes.*

J'imagine. Mais rien de tout cela, je le sais, ne correspond à ta vie. Ta vie qui m'échappe.

Quand je suis venue dans cette ville qui est aussi la

tienne, j'avais vingt ans, les yeux secs et des cheveux épais comme l'herbe mauvaise. J'avais peur du jour, peur du noir, du bruit des voitures, du ronronnement des frigidaires. J'avais peur de me réveiller et de m'endormir, peur du bourdonnement aveugle des mouches, des jours de pluie et des matins froids. Mais je n'avais pas peur des hommes.

J'ai lu ton livre. Ton livre comme un boomerang. Laisse-moi, à mon tour, te raconter une histoire. Le début. Tu sais comment les histoires commencent, dans un supermarché, un train, ou au fond d'un café, là où les vies se frôlent, se croisent, parfois se percutent, dans l'inconscience de ce qui sera, cette douce innocence.

Laisse-moi te dire les premiers mots. Ceux qui donnent la mesure. Laisse-moi te raconter une histoire que tu as peut-être oubliée. Une femme rencontre un homme ou plutôt c'est lui qui la rencontre. Elle dort dans l'avion, ignorante du regard qui la couve, qui fourbit ses armes. Alanguie, elle a déplié ses jambes sur le siège resté libre à côté d'elle. Un homme la regarde sans qu'elle le sache, il la regarde dormir, il s'émeut de cet air enfantin qu'elle garde malgré elle, de la rondeur de ses joues et de ses seins, c'est ce qu'il lui dira plus tard, cette façon qu'elle a aussi de téter l'intérieur de ses lèvres, dans le sommeil, presque imperceptible. Quand elle se réveille, il lui sourit, il dit je vous ai regardée dormir, appelez-moi. Elle plie le papier en quatre, elle le range dans une poche. À son tour, elle observe cet homme qui s'est renversé sur son siège. Il sourit, confiant, fait mine de lire un journal. L'avion atterrit quelques minutes plus tard, elle est bronzée, elle a vingt ans, elle n'a rien à perdre.

C'est ce qu'elle croit.

Il y a quelques jours, je t'ai croisé dans la rue. Pull à col roulé, pantalon noir, manteau trois-quarts. Tu marchais d'un pas pressé, tu ne m'as pas vue. Quand je me suis retournée, j'ai découvert cette petite zone blanche, à l'arrière de ton crâne, cette calvitie naissante, qu'on ne voit pas sur les photos ni à la télévision. Cela m'a émue, je crois.

Je t'embrasse.

Entre les promotions Franprix de la semaine et une carte des Canaries envoyée par leurs voisins, il a tout de suite remarqué l'encre bleue, l'écriture appliquée, et l'adresse, légèrement décentrée sur la gauche, comme la première fois. Il a glissé la lettre dans sa poche, conduit les garçons à l'école, puis s'est engouffré dans un café. Il a choisi une place près de l'entrée, dos à la vitre.

L'enveloppe est épaisse, il la tourne plusieurs fois entre ses doigts. Il s'assure qu'il a bien pris son paquet de cigarettes, se brûle les lèvres en essayant de boire son café. Allume son téléphone portable. Se mouche. Enlève son manteau.

Il attendait cette lettre. Rien d'autre. Comment a-t-il pu, pendant toutes ces semaines. Soudain l'idée s'impose à lui comme si elle avait toujours été là, dissimulée par il ne sait quel angle mort. Soudain il pense à elle, à elle seule, il ne pense plus qu'à ça. Il attend encore avant de glisser son pouce sous le rabat de l'enveloppe, il continue de regarder les gens entrer et sortir, savoure ce moment où tout est encore possible. À mesure que les minutes passent, il se laisse envahir par cet espoir absurde, cet espoir fou de lire une femme.

Comment a-t-il pu ne pas y penser plus tôt ? Comment est-il parvenu à la maintenir si loin de lui, pendant toutes ces semaines, depuis la première lettre ?

Maintenant il ne peut plus, il n'a plus la force. Autour de lui les voix se sont tues. Il tient une lettre qu'il n'a pas encore lue, il a du mal à respirer, il sent enfler dans sa bouche un prénom, comme une boule d'aluminium froissé, et son souffle s'épuiser sous l'emprise de cette idée, cette idée insensée : c'est elle.

Matthieu ouvre l'enveloppe. L'écriture est la même, régulière, appliquée. Il jette un œil rapide au dernier feuillet, il n'est pas signé. Il parcourt rapidement la lettre. Cela suffit pour percevoir la secousse brutale qui le projetterait au sol s'il ne se tenait à la table, et ce bourdonnement sourd qui frappe ses tempes. Au bout de quelques minutes, il appelle l'agence pour prévenir qu'il est souffrant. Il reviendra demain. Il règle le café et l'eau minérale, se lève et rentre chez lui.

L'appartement est vide. Les garçons sont à l'école, Élise a dû partir à Londres pour la journée. Il range la lettre avec la première dans le tiroir de sa table de nuit. Il ouvre la porte de son bureau, allume la chaîne et choisit un disque. Il s'assoit, surpris de ne pas retrouver cette appréhension violente qui, quelques semaines plus tôt, précédait chacune de ses tentatives. Il étend ses jambes et pose quelques feuilles blanches devant lui. Il laisse sa main glisser sur le papier, de plus en plus sûre, il lui semble que l'histoire existe déjà, en dehors et à l'intérieur de lui, qu'il doit l'apprivoiser, qu'il lui suffit maintenant de se taire et de se laisser porter. Il écrit toute la journée. Vers deux heures, il avale un sandwich au jambon, puis ne bouge plus jusqu'à ce que les garçons rentrent de l'école. Il entend la clé dans la serrure, se lève, engourdi par ces heures immobiles, referme la porte derrière lui.

Matthieu pose sur la platine un vieux disque des Rolling Stones, allume les petites lampes du salon, ils s'installent tous les trois, assis par terre, jambes croisées en tailleur, commencent une partie de Monopoly. Paul réfléchit, Louis s'impatiente, il les observe, ému par la vivacité de leurs gestes, la douceur de leur peau, et leurs rires qui s'entremêlent.

Il pourrait les regarder comme ça pendant des heures, à leur insu. Souvent il entre dans leur chambre, le soir, et reste là, assis par terre, il s'approche de leurs visages, écoute leur sommeil, il se laisse envahir par cet élan d'amour, cet émerveillement, car rien ne lui a été donné de plus pur, de plus intense, et il voudrait que le temps s'arrête pour ne plus les voir grandir, pour n'avoir jamais à les laisser partir. Souvent il caresse leur joue, lorsqu'ils sont près de lui, dans la cuisine ou sur le canapé, comme s'il devait vérifier, par ce contact, l'incroyable miracle de leur existence.

Paul a gagné la partie, Louis réclame une revanche, d'un geste rapide Matthieu ramasse les maisons, les hôtels, les billets et les cartes Chance, remet les pions sur la case départ.

Il attrape le dé, le fait rouler dans sa main avant de le jeter, avance de trois cases et soudain il pense à ça, qu'il n'en faut pas davantage pour que la vie bascule.

Les gestes sont les mêmes, minutés, orchestrés, un vrai ballet, ils se croisent, se frôlent dans le couloir, dans l'encadrement des portes, à chacun son rôle, sa partition, il déjeune avec les garçons pendant qu'Élise prend sa douche, puis il lui succède dans la moiteur de la salle de bains tandis qu'elle les presse de s'habiller. Il faut ça, cette synchronisation matinale, des dizaines de fois rejouée, il faut ça pour y arriver, être en bas tous les quatre à huit heures et quart au plus tard, dents brossées, cheveux lisses, cartables sur le dos, et lui : mains dans les poches. Mais ce matin, il a brisé le rythme, interrompu l'enchaînement. Il n'a pas encore pris sa douche, ni même avalé son café. Il cherche ses lunettes. Il fouille dans les placards, retourne les tiroirs, procède à des interrogatoires. Il s'énerve. Élise aussi. Et pourquoi faut-il que ce matin, ce matin précisément, alors qu'ils sont en retard, alors qu'elle doit faire la queue pour la carte orange, pourquoi faut-il que ce matin, alors qu'elle l'a prévenu qu'elle devait partir plus tôt, alors qu'il ne les porte plus depuis des années, il ait un besoin urgent et impératif de ses lunettes ? Il hausse les épaules. Il finit par les dénicher au fond d'un tiroir, souffle sur la fine pellicule de poussière qui recouvre l'étui. Il attrape la monture du bout des doigts, cale les branches derrière ses oreilles, les ajuste avec précaution, comme s'il les essayait pour la première fois. Il commence par jeter un coup d'œil circulaire, étourdi par la netteté des formes et des contrastes, puis se dirige vers la salle de bains. Dans le miroir, il découvre le grain épais de sa peau, ses traits marqués, cette chair un peu molle au-dessous du menton. Élise s'agite, bat le rappel, s'impatiente. Il ne peut plus bouger. Elle n'a qu'à partir sans lui, laisser les garçons au carrefour, ils iront tout seuls, pour une fois, après le feu, il n'y a plus de rue à traverser. Matthieu reste là, incrédule sous le néon, prenant appui sur le lavabo, incapable de se détacher de sa propre image. Il a besoin d'un peu de temps pour s'habituer. Il a vieilli, bien au-delà de ce qu'il imaginait. Son visage s'est affaissé, les rides ont creusé leur lit, nettes et précises. Il croyait que sa myopie n'opérait qu'au-delà d'une certaine distance. Quand chaque matin il observait son reflet dans la glace, il croyait y trouver son vrai visage. Mais quelques dizaines de centimètres suffisaient à altérer sa vision et pendant toutes ces années, dans le miroir, c'est un autre qu'il a vu. Maintenant un homme le regarde, qu'il ne reconnaît pas, ses traits sont dessinés au couteau et son regard est d'une tristesse insoutenable.

Après quelques minutes, il finit par sortir de la salle de bains. Autour de lui, l'appartement est différent, étroit et anguleux, aspiré par d'invisibles points de fuite, il avance avec précaution, étourdi par cette perspective mouvante, sans cesse renouvelée, qui emporte avec elle les murs et les meubles. S'il parvient à identifier, au plus près de lui, une zone de relative stabilité, si, au sein de cette zone, il parvient à se concentrer sur un point unique, pendant plusieurs secondes, si l'ensemble de ses facultés oculaires se mobilise dans cet effort inouï d'acclimatation, les objets s'arrêtent de danser. Dans le couloir, il regarde Élise enfiler son manteau. Elle a gardé ce visage enfantin, nez court, lèvres charnues, qui, lorsqu'on la rencontre pour la première fois, rend difficile le pari de lui donner un âge. Elle lève la tête vers lui et il distingue plus nettement, de chaque côté de sa bouche, les deux sillons qui marquent le pli du sourire, dont le dessin, jusqu'alors, ne lui avait pas paru si prononcé. Mais Élise, même à travers les verres correcteurs, ne lui semble pas si différente. Tandis que lui. Il a envie de jeter les lunettes au sol et de les écraser avec le pied, il imagine même, comme s'il l'entendait déjà, le bruit du verre crissant sous sa chaussure. Mais il ne peut plus revenir en arrière.

Une dizaine de minutes plus tard – dont six passées devant le miroir de l'ascenseur, pied bloqué dans la porte, il est en bas de chez lui. Dans la rue, il doit s'habituer à la distance qui sépare sa tête de ses pieds.

Quand il baisse les yeux, il a l'impression d'être perché sur des échasses et que le sol s'enfonce sous ses pas. Il en éprouve d'abord une sensation de vertige. Lorsque celle-ci se dissipe, au bout de quelques mètres, il lève la tête. Il découvre avec une netteté déconcertante les façades des immeubles, les fenêtres, les fleurs sur les balcons, les rideaux fermés. Il regarde partout, enivré par la précision des choses, attentif aux formes et aux détails, s'arrête un moment pour observer un homme à sa fenêtre, occupé à secouer un tapis de bain, puis une vieille dame, bras croisés sur la rambarde, qui sourit à quelqu'un. Il avait oublié qu'on pouvait être spectateur, à leur insu, de la vie des autres ; il lui semblait normal qu'au-delà d'un mètre ou deux, on ne pût plus rien distinguer des choses ou des êtres, livrés à leur vie parallèle, à leur solitude. Maintenant, il regarde les gens de l'autre côté de la rue, les femmes surtout, maquillées, coiffées, perchées sur leurs talons, qui pressent le pas vers le métro, il guette le reflet de leurs collants satinés, leurs genoux entr'aperçus sous un pan du manteau, leurs cheveux dans la lumière du matin.

À l'agence, on commençait à s'inquiéter. Quand il entre dans la pièce, avec cet air gauche qu'il a parfois, qui agace, comme s'il était empêtré dans quelque chose, l'effet produit par ses lunettes fait instantanément oublier qu'il est dix heures trente et qu'on l'attend depuis une demi-heure pour le planning de la semaine. Tout occupé à découvrir la pièce comme s'il y pénétrait pour la première fois, Matthieu prête peu d'attention aux questions et aux commentaires, et répond évasivement quant à la soudaineté de ses troubles oculaires. Il passe la réunion à observer ses collègues qui lui paraissent beaucoup plus fatigués que la veille. Il aime ce rimmel épais sur les cils d'Annabelle, partagés en petits paquets bleu roi, il n'avait jamais remarqué, cette note un peu vulgaire qui tranche avec le reste, le tailleur strict, le chemisier de soie, la peau claire. À côté d'elle, Pierre a l'air d'un flic froissé échappé d'une série américaine, regard éteint, peau marbrée, d'ailleurs à le regarder de si près, Pierre accuse de manière alarmante les nombreux whiskys qu'il avale à partir de dix-huit heures. Le papier peint de la salle de réunion se décolle autour des fenêtres et la moquette est jonchée de vieilles taches de café. Au moment où Matthieu interrompt la discussion qu'il n'a pas écoutée pour suggérer une remise à neuf des locaux, il voit avec une précision inattendue les visages s'altérer sous l'emprise de la colère ou l'étonnement. À propos de café, on lui suggère d'aller en chercher un, ça lui remettra peut-être les idées en place. Devant le distributeur, il se rend compte qu'il souffre d'un violent mal de tête. Il interrompt de nouveau la réunion pour prévenir qu'il rentre chez lui, observe pendant quelques secondes les échanges de regards qui s'ensuivent, emprunts d'agacement et de consternation, et tourne les talons.

Il s'arrête dans une pharmacie pour acheter de

l'aspirine, puis s'assoit dans un café. Il passe la fin de la matinée à regarder des gens boire, fumer des cigarettes, entrer, sortir. De loin, et pourtant comme à portée de main : le rouge à lèvres des femmes, leurs boucles d'oreilles, quelques mèches échappées d'un chignon, les journaux qu'elles effeuillent, leurs jambes croisées, le pli de leur jupe.

Sara lui a écrit.
Sara traîne dans un bar de son quartier.
Il a croisé Sara sans la voir.

Dès la première lettre, il avait su que c'était elle. Il avait simplement fait en sorte que cette certitude ne parvînt pas à sa conscience. Il avait ouvert chaque matin la boîte aux lettres, d'un geste machinal, sans s'avouer qu'il n'attendait rien d'autre qu'une enveloppe, semblable à la première, il avait continué à vivre, prenant soin d'exécuter les gestes, les figures, de respecter l'ordre et le mouvement, de remettre chaque chose à sa place. Il s'était rendu là où on l'attendait, fidèle à ses habitudes, à ses humeurs, il avait rempli l'espace autour de lui de paroles convenues et de soupirs inaudibles. La nuit, il avait laissé le rêve venir, dense et voilé, il avait laissé les femmes le bercer, ces femmes d'un jour ou de quelques nuits, indivisibles, il s'était laissé envahir par cette rémanence diffuse, d'où ne pouvait surgir aucun nom, aucun regret.

Mais maintenant elle est là, ancrée au ventre. *Il s'émeut de cet air enfantin qu'elle garde malgré elle, de la rondeur de ses joues et de ses seins, c'est ce qu'il lui dira plus tard, cette façon qu'elle a aussi de téter l'intérieur de ses lèvres, dans le sommeil, presque imperceptible.* L'image s'impose avec violence, comme sortie de nulle part, il revoit la petite robe rouge, largement décolletée, qui laissait entrevoir au creux d'un pli la naissance de ses seins, il revoit ses jambes immenses, bronzées, cette fine pluie de sueur aux tempes.

Il revenait de San Diego où il était parti pour un reportage. Dans l'avion, il avait bu pas mal de vin, il avait lu, regardé le film projeté devant lui, il ne se souvient plus du titre, une histoire d'amour à la sauce rose, parsemée d'écueils dérisoires et d'heureuses coïncidences, de celles qui vous feraient croire que la vie peut couler à flots. Et puis il l'avait regardée dormir. Longtemps. Il avait imaginé sa main sur sa peau, entre ses cuisses, sur son cou. Il avait imaginé le goût de sa bouche. Quand l'avion avait amorcé sa descente, elle avait ouvert les yeux et s'était redressée sur son siège en tirant sur sa robe. Il avait déchiré une feuille de son agenda sur laquelle il avait écrit son numéro de téléphone. Il avait seulement dit ça : je vous ai regardée dormir.

Cela suffisait.

Janvier est glacial. Matthieu marche mains dans les poches, col relevé, pas d'écharpe. Il lui semble, sous ses pieds, que le sol se fendille en de minuscules crevasses, chaque jour plus longues, plus sinueuses, il les sent sous ses chaussures, striant les trottoirs, le parquet, fines et profondes sur le lino de la cuisine, il les sent à travers l'épaisseur des semelles, un souffle froid venu des profondeurs, et plus profond encore, le vide qui l'appelle.

Sara lui a écrit.

Sara traîne dans un bar de son quartier.

Il a croisé Sara sans la voir.

À partir de là – trois énoncés brefs, indissociables – ses pensées, ses rêves et ses silences convergent au centre d'un trou noir dont il perçoit au loin le dangereux écho. Il porte un pantalon noir, un manteau trois-quarts, il marche vite, traverse les rues sans regarder. Devant le Café des Bulles, il ralentit le pas mais ne s'arrête pas. Derrière les larges vitres, troublées par une buée épaisse, il entrevoit les silhouettes accoudées aux tables, nimbées par la fumée des cigarettes, souffle dans ses mains rougies par le froid, poursuit son chemin. À quelques rues de là, devant son immeuble, il s'arrête et prend la mesure de ce vertige : il ne tient qu'à lui de revenir en arrière, de coller son visage au carreau, peut-être suffit-il de pousser cette porte pour la retrouver, peut-être l'attend-elle là, chaque soir, patiente. Debout sur le trottoir, immobile, il laisse enfler en lui la peur et le désir, jusqu'à ce qu'il parvienne au bout de cet égarement qui le laisse ivre et abasourdi, comme s'il venait de s'exposer, sans plisser les yeux, à une trop forte lumière.

Sara lui a laissé le choix et le vertige. Il a suffi de ça : un café, nommé au détour d'une phrase, devant lequel il passe maintenant chaque soir, un rendez-vous à peine suggéré, sans heure ni date, comme elle aurait glissé sous sa porte un billet d'avion dont il ignorerait la destination et la durée de validité. Mais c'est trop tôt. Il a commencé un nouveau livre.

Chaque soir, quand les garçons sont couchés, il s'installe à sa table, allume un bâton d'encens, dispose devant lui les feuilles et les stylos, la bouteille d'eau, la boîte de Kleenex. Derrière lui, le convecteur souffle par intermittence un air tiède et doux qui glisse le long de son dos. Par la fenêtre entrouverte, il entend au loin des rires et des éclats de voix, il se penche sur le papier et se laisse faire. Il écrit sous l'emprise d'une force brutale, exigeante, qui parfois semble s'imposer du dehors, et parfois semble jaillir de l'intérieur, il écrit une langue impatiente, brouillonne, dont il ne maîtrise ni la syntaxe ni le son. Mais l'écriture lui importe peu. Il noircit des pages qu'il ne relit pas. Il trouve dan... ce désir qu'il a de revoir Sara, de la toucher, une j... piration violente, il se penche sur la feuille, gris... par l'immédiateté de son écriture, se laisse empo... par le frottement régulier du stylo sur le grain d... papier, jusqu'à l'étourdissement. À ce moment... engourdi par ces heures immobiles, son c... Il écrit pour se rapprocher d'elle. Mais... la tête, paupières brûlantes sous le... main levée, il perçoit, aussi nette... cette gêne à l'inspiration, ce n... dans le plexus qui ne l'a pas quitté de...

Tard dans la nuit, il se déshabille dans l'ob... Son sexe est dur et attend sa main. Tard dans la nuit, ... entre dans le café, reconnaît ses cheveux lourds, il s'approche de Sara, par-derrière enlace ses épaules, respire son parfum, fait glisser ses doigts sur sa gorge jusqu'à sentir la douceur de ses seins. Dans cet entre-deux qui précède le sommeil, il gémit doucement dans le silence.

Elle a dit ne m'attendez pas, je ne suis pas prête, Matthieu est parti en râlant, les garçons trottaient derrière lui, ils étaient en retard. Élise achève de s'habiller, enfile une jupe droite, légèrement évasée vers le bas. Dans le miroir, elle contemple son image avec un sourire triste, elle pense à ce garçon, hier dans le métro, vingt ans à peine, qui la dévisageait depuis plusieurs minutes sans aucune gêne, aucune retenue, et cette arrogance dans ses yeux, quand il s'est approché d'elle et lui a dit de sa voix la plus grave : vous avez dû être très belle. Il proposait de boire un café. Elle a dit non merci je n'ai pas le temps, elle est descendue à la station suivante, les portes se sont refermées sur lui, à travers les vitres elle a regardé s'éloigner son corps adolescent, et puis elle a attendu le métro suivant, debout, pour ne pas pleurer, car elle a souvent remarqué ça : assis, on s'apitoie.

Elle s'attarde devant le miroir, elle s'approche, elle se tourne. Elle regarde ses fesses, moulées dans la jupe, ses seins, de profil, ses cheveux colorés. Elle a dû être belle. Des femmes de son âge, on dit qu'elles sont bien conservées. Et c'est bien ce dont il s'agit : retenir, à grand renfort de promesses hydratantes et de masques miraculeux, quelque chose qui leur échappe. Elle ne s'en sort pas trop mal, c'est vrai, si ce n'est cette fatigue qui pèse sur sa nuque, qui l'éteint. Elle se sent grise. Elle attache ses cheveux avec une pince, enfile son manteau. Elle entre dans le bureau de Matthieu, où plane l'odeur écœurante du tabac froid, elle ouvre la fenêtre, vide le cendrier plein, éteint la lumière qu'il a laissée allumée. Elle s'assoit devant les feuillets éparpillés sans céder à la tentation de les lire. Pendant quelques minutes elle reste là, immobile, attentive, dans cette pièce qui ne lui appartient plus, l'antre du diable ou la cellule du forçat, ignorant ce qu'elle est venue y chercher.

Il a les yeux cernés et le regard vague. Il parle peu. Il rentre tard. Il fume dès qu'il pose le pied par terre, oublie ses papiers, ses rendez-vous, ses promesses. Il refuse les invitations, les salons, les séances de signature. Il n'est plus là. Depuis quand ?

La semaine dernière, ils sont allés ensemble au supermarché, ils ont pris chacun un caddie, comme d'habitude, la liste était coupée en deux, d'un côté les produits frais, de l'autre l'épicerie et les liquides. Ils se sont séparés devant les téléviseurs, elle a fait vite, elle connaît parfaitement les rayons, depuis le temps, en vingt minutes elle a rempli son chariot, et puis elle s'est dirigée vers les caisses. Elle a pris sa place dans la queue, elle s'est abandonnée à un rêve vague, bercée par la musique, un rêve très doux qui enveloppait ses épaules et ses bras dans une même étreinte. Comme il tardait, elle a commencé par laisser passer les gens devant elle, puis, ne le voyant pas venir, elle est partie à sa recherche. Elle a refait le chemin en sens inverse, elle l'a d'abord cherché dans les rayons qui lui étaient impartis, et puis partout, elle avait abandonné son caddie à la caisse, elle marchait vite. Elle a pensé (oui, elle y a pensé, un court instant, parce qu'il y avait cette musique au-dessus d'elle qui tout à coup était devenue très triste), elle a pensé qu'il était parti.

Elle l'a trouvé devant le rayon bricolage, appuyé sur son caddie, il regardait quelque chose, un point fixe au milieu des perceuses.

Il oublie ce qu'il vient de faire et croit avoir fait ce qu'il a oublié. Il passe son temps à chercher des objets qu'il a égarés, ouvre les placards, peste, soupire, refuse l'aide qu'on lui propose, renonce. Il ne dort pas assez. Il travaille trop. Il n'est plus là, avec eux, elle le voit bien, tous les soirs, qui se dépêche de terminer son dîner, de débarrasser la table, fébrile, empressé, et cette porte qui se referme derrière lui dans un bruit sec. Depuis quelques semaines, il s'est remis à écrire. Le soir, elle se glisse seule dans les draps et il lui semble, pour la première fois, que Matthieu lui échappe.

C'est quelque chose qu'elle n'a pas vu venir. Quelque chose qui les éloigne l'un de l'autre, comme une lente érosion. Peut-être quelque chose de très banal, comme le temps qui passe.

Ou bien quelque chose de plus violent, d'une violence extrême. Et silencieuse.

Elle sort du bureau et enlève son manteau. Elle est en retard. Mais elle n'a pas envie. Pas envie de courir jusqu'au métro, de prendre des ascenseurs et des escaliers roulants, de passer des coups de fil, de participer à des réunions. Elle s'assoit sur le lit et pose l'album photo sur ses genoux. Sur les premières pages, elle a collé celles de leur rencontre, une série de neuf, prises à leur insu le soir de l'anniversaire de Laure. Au premier plan, les visages et les corps se succèdent, yeux rouges, chemises colorées, jupes en mouvement. Dans le fond, assis côte à côte sur le canapé, on les distingue, Matthieu et elle, en grande conversation. Il se tient droit, jambes croisées, cheveux très courts, elle reconnaît ce sourire qui l'avait émue, ce sourire qui lui semblait si doux, et cette chemise rouge qui soulignait la pâleur de son teint. Elle porte un pantalon large et un tee-shirt bleu, elle l'observe avec attention, elle semble maintenir une distance entre eux, et puis ils se rapprochent l'un de l'autre, indifférents à ce qui les entoure, il la regarde, il a posé sa main près de sa cuisse.

Sur la dernière photo, la pièce est presque vide, Laure, les bras en l'air, danse seule au premier plan. Derrière elle, ils s'embrassent. Il devait être cinq heures du matin.

Matthieu lui avait été présenté comme un homme à femmes, avec les précautions d'usage et les mises en garde de circonstance, et l'expression, aussi stéréotypée fût-elle, lui avait semblé pleine de promesses. Il s'était assis à côté d'elle, sur ce canapé, et n'en avait plus bougé.

Il lui avait plu. Dans la rue, les restaurants, il attirait les regards. Elle aimait sa distance, sa pudeur. Cette façon qu'il avait de rire de tout, cette enfance blessée qu'il livrait avec parcimonie, ce refus de la complaisance.

Elle avait longtemps cru qu'elle serait une parmi les autres, qu'il partirait. Mais il était resté.

— Le problème, Matthieu, puisque tu le demandes, c'est que tu n'es plus là.

Il n'a pas relevé la tête. Il cire ses chaussures avec application. Il est huit heures du matin et il ne voit pas où Élise veut en venir, avec ce ton solennel, et cette façon qu'elle a de se planter devant lui, incontournable. Il ne répond pas. Il se contente d'attendre le développement de ce qui s'annonce à l'évidence comme un reproche. Mais Élise reste là, debout, elle se tait.

— Je ne vois pas de quoi tu parles.

— Depuis combien de temps je ne t'ai pas entendu rire, depuis combien de temps tu ne m'as pas suivie dans la salle de bains pour me raconter une histoire à dormir debout, depuis combien de temps nous n'avons pas pris une baby-sitter pour dîner au restaurant ou aller au cinéma, depuis combien de temps tu ne m'as pas téléphoné au bureau sans rien de spécial à me dire ? Je voudrais juste que tu te rendes compte de ça, Matthieu. Tu es là tous les matins et tous les soirs, mais j'ai l'impression que tu es sorti de notre vie. Que tu nous regardes par la fenêtre.

Il range le cirage dans la boîte, lustre rapidement ses chaussures, fait mine de se lever. Mais elle poursuit.

Il entend sa voix au loin, il ne peut lui échapper.

Elle dit qu'elle respecte son travail, son silence, qu'elle ne compte pas les nuits où elle s'allonge seule, elle ne lui demande pas combien de temps ça va durer. Elle sent qu'il s'éloigne et elle a peur de le perdre. Elle voudrait savoir s'il est heureux.

Parce qu'il ne le dit pas. Parce qu'il ne dit jamais rien. Il ne dit jamais qu'il est content, qu'il se sent bien, qu'il a passé un bon week-end, de bonnes vacances, une bonne soirée. Elle sait ce qu'il protège. Mais il se trompe. Les choses doivent être dites pour qu'on en prenne la mesure, pour se prolonger. C'est pareil pour leur histoire, c'est pareil pour tout.

Elle dit qu'ils ont été heureux, immensément heureux. Mais ils ne se le sont jamais dit. Jamais ils n'évoquent leurs souvenirs, leurs voyages, leurs fous rires, leurs disputes, leurs déménagements, leurs dîners ratés, ces anecdotes qui devraient, au bout de dix ans, nourrir leur anthologie, jamais ils ne partagent leurs regrets. Elle a longtemps cru que c'était leur force, ne pas regarder derrière eux, ne pas se raconter l'histoire, que ça leur évitait de vieillir trop vite. Elle a longtemps cru que ça les rendait plus forts. Mais elle s'est trompée.

On ne peut pas vivre comme ça, sans se retourner. Elle sent que quelque chose les éloigne et elle a peur qu'il oublie combien ils ont été heureux. Parfois elle a l'impression qu'il efface. Tout. Méthodiquement. Comme si chaque moment de sa vie devait annuler ceux qui le précèdent, comme si les jours se recouvraient les uns les autres, comme s'il devait brouiller les empreintes laissées derrière lui. Aujourd'hui, elle le regarde cirer ses chaussures comme si sa vie en dépendait, et elle prend soudain conscience de ça : ce qui est terrifiant, quand on vit avec lui, c'est que, quoi qu'on fasse, quoi qu'on dise, il n'y a pas et il n'y aura jamais de trace.

Il sait comme elle peut le pousser dans ses retranchements, pour le plaisir de l'hypothèse, aller au bout des raisonnements, mener à leur terme les présupposés les plus ténus, chercher par la provocation ce qui se cache dans le silence. Il ne sait pas encore si ça lui fait mal, il ne répond pas. Elle le regarde avec ce sourire triste qu'elle a parfois, quand elle sait qu'elle ne peut rien.

Élise appelle les garçons, les presse d'enfiler leurs blousons. Ils s'approchent de Matthieu pour l'embrasser. Il se lève, d'un geste rapide caresse leurs visages, il entend leurs rires sur le palier, le bruit de l'ascenseur, et bientôt le silence.

Il se sent soudain vide, vidé de tout. Il a le temps de se faire un café avant de partir. Il fait tomber deux sucres dans sa tasse et tente de se remémorer les moments importants qui ont jalonné sa vie avec Élise. Les souvenirs reviennent sans peine, immédiats, parfaitement accessibles. Mais à mesure que ces images défilent – leur rencontre, leur mariage, leurs vacances – il lui semble qu'il ne peut les atteindre que partiellement, comme si une fine pellicule de tulle avait envahi le cadre et altéré les couleurs. Il en conclut d'abord qu'elles reviennent comme elles ont été inscrites, voilées par sa myopie. Mais au-delà de ce flou qui lui est familier, quelque chose manque. Pourtant, il n'a rien oublié. Il se souvient de tout. Il ferme les yeux pour se remémorer la naissance de Paul et aussitôt surgissent les images, brillantes et colorées, il revoit l'appartement qu'ils habitaient, rue Ordener, le couffin du bébé, posé par terre dans la chambre, Élise lui donnant le sein, sur le sofa rose, et cette longue chemise de coton qu'elle portait alors. Il revoit la vieille Renault 5 dans laquelle ils étaient partis en vacances, l'été suivant, croulant sous le poids des bagages, les bords du lac, les parasols jaunes, le petit café sur la place du village, Paul endormi dans le sac kangourou. Deux ans plus tard, Louis était né, ils avaient déménagé, changé de voiture, il avait trouvé ce travail de rédacteur à l'agence, qui lui assurait un revenu régulier. Il se souvient du quartier, de la boulangerie, du petit square où ils emmenaient les garçons, des éléphants bleus sur le papier peint de leur chambre, de l'école maternelle, à l'angle de l'avenue des Batignolles, de Mme Lalande, la directrice, de la cage du hamster, du couvre-lit en patchwork, des pulls en V qu'Élise portait à même la peau. Les souvenirs s'imposent, se multiplient, il peut les convoquer à loisir, figés, muets, comme il étalerait devant lui la vie de quelqu'un d'autre. Soudain, il comprend. Élise se trompe. Il n'a rien oublié. C'est bien pire encore. Il peut décrire les endroits, les vêtements, les paysages, mais il est incapable de leur associer une sensation, comme si rien n'avait été *inscrit* dans son corps. Il se souvient de tout. Mais s'il cherche l'écho d'un rire, l'ombre d'un regret, s'il cherche l'onde d'une colère éteinte, l'image se délite, s'éloigne, finit par disparaître. Les souvenirs ne sont accessibles qu'à travers leurs contours : date, nom, visage, comme autant de boîtes vides, classées, répertoriées, dont le contenu lui échappe.

Voilà l'oubli, le véritable oubli : transformer la mémoire en un catalogue de produits disponibles sur demande, déconnecté de toute réminiscence des sens.

Pas de regrets, pas de nostalgie.

Et c'est ainsi sans doute qu'il a avancé, sans mémoire et sans rêve, qu'il a cru pouvoir tracer sa route, auprès d'une femme et de deux enfants qu'il aime pourtant plus que tout, comme si tout cela au fond ne pouvait lui appartenir, comme si tout cela devait un jour lui être repris.

Mais c'était compter sans les autres. Et ce besoin qu'ils ont de venir frapper à votre porte, de réclamer leur dû, de demander des comptes et des factures, de venir chercher, sous un prétexte ou un autre, le souvenir qu'ils ont laissé.

Depuis quelques jours, il ne passe plus devant le Café des Bulles. Dans la rue, il presse le pas. Se dépêche de rentrer. Il sait qu'il doit résister, nourrir l'attente, garder près de lui, à portée de main, aussi longtemps qu'il en sera capable, la possibilité de cette rencontre. Chaque soir il s'installe à sa table, victorieux. Chaque soir, il ferme la porte derrière lui. Il ouvre le tiroir et relit les lettres, à voix basse. Il entretient cette sensation de perte qui enserre sa poitrine et fore à l'intérieur de son ventre.

Il a besoin de ça. Ce gouffre creusé par le manque. Il n'a besoin de rien d'autre.

Il écrit. Les mots s'ordonnent d'une manière étrange, nécessaire, obéissent à un mouvement silencieux dont il perçoit seulement l'onde, une violence souterraine qu'il ne sait pas nommer. Dans le vide creusé par le temps, l'écriture prend sa place, ravive les sens, réveille les doutes et le désir. Sara lui a écrit. Il mesure cet élan obscur qui le pousse vers sa table et peut l'y maintenir des heures, courbé, fourbu, insensible au froid et à la fatigue. Il cherche le souvenir de sa peau, de ses yeux, de sa voix. Tard dans la nuit, il lui semble parfois qu'il peut la toucher. S'il tendait la main.

Il avait trente-cinq ans. Il avait rencontré Élise quelques mois plus tôt. Jusque-là, la perspective de *s'attacher* à une femme lui avait semblé impossible. Avec Élise il avait eu le sentiment que ce lien était exclusif des autres. Élise était entrée dans sa vie comme si rien d'autre n'avait jamais existé. Pour la première fois, une femme l'occupait tout entier, ne laissait pas de place au désir d'un après, d'un ailleurs. Jamais il n'avait envisagé cette relation – ni même plus tard la perspective de leur mariage – comme un renoncement. Pour la première fois il n'avait pas eu besoin de maintenir une distance, de protéger ou de défendre ce qu'il considérait comme son territoire, c'est lui au contraire qui avait recherché le contact, multiplié les rendez-vous, qui avait proposé de vivre ensemble. Et quand Élise lui avait demandé de l'épouser, il n'avait trouvé aucune raison de s'y opposer. Il croyait qu'il avait fait le tour, qu'il était arrivé au bout. Il n'avait pas besoin de contrat ni de symbole pour sceller ce lien qu'il savait si profond. Mais si c'était important pour elle, ça l'était pour lui. Il l'aimait et il percevait combien Élise lui était nécessaire. Pour la première fois, le futur s'offrait à lui comme une ligne continue, dont il pouvait deviner la trajectoire, conscient qu'il était d'avoir avancé jusque-là par petits cercles, dessinés d'un trait rapide, incertain, autour d'un cercle plus vaste et résolument vide. Pour la première fois il lui était apparu que sa vie pouvait avoir un sens. Après quelques mois de vie commune, durant lesquels il lui avait semblé qu'Élise vivait sa propre vie autant qu'elle vivait la leur – et c'est cela aussi qui l'attachait à elle –, ils avaient fixé une date aux premiers jours de janvier.

Quelques mois avant son mariage, il avait donné son numéro de téléphone à une femme bien plus jeune que lui. Dans l'avion il l'avait regardée dormir, ses épaules nues, son visage lisse. Et cet abandon d'elle-même, dans le sommeil, qui l'avait bouleversé. Il avait eu envie d'elle. De ses mains sur sa peau. Il avait été ému. Au-delà de l'attrait du corps. Il s'était soumis à ce désir, n'y avait opposé aucune résistance. Il avait vécu cette rencontre hors de toute culpabilité, comme un dernier sursaut, une ultime faiblesse qu'il s'était pardonnée d'avance. Peu importait le mensonge. Il s'était lancé dans cette histoire comme il eût réglé quelque affaire importante avant de s'embarquer pour un long voyage.

Quand l'avion a atterri, je t'ai cherché des yeux en attendant les bagages. Du bout des doigts, au fond de ma poche, je caressais machinalement le papier sur lequel tu avais noté ton numéro de téléphone. Je guettais mes trois valises et tu n'étais plus là.

Je venais de passer l'été à San Diego comme fille au pair. J'avais quitté deux mois plus tôt une petite ville de l'Ariège, mon solex, mes parents et leur Café du Marché, les déjeuners interminables du dimanche, la curiosité insatiable des voisins, la langueur des fins d'après-midi, les soirées de solitude passées à écouter des disques. Je voulais voir Paris et ses lumières, marcher la nuit le long des boulevards, me laisser porter, je croyais qu'ici, dans la densité, quelque chose m'attendait. J'ai pris un taxi, je suis arrivée au pied d'un immeuble de six étages, j'ai monté mes valises une par une, fait tourner la clé dans la serrure et découvert ce petit studio meublé aux murs jaunis. J'avais oublié ton visage. Paris se remplissait et j'étais vide. Il me restait encore plusieurs semaines avant de recommencer la fac et je ne connaissais personne. Je me regardais dans les vitrines, dans les miroirs des magasins et il me semblait, sans le regard d'un homme, que je gâchais quelque chose. Un soir, je t'ai appelé. J'ai dit bonjour c'est la fille de l'avion. Je me souviens que je me suis rendu compte, au moment même où je prononçais ces mots, combien ils étaient ridicules. J'ai pensé que cela ferait un bon titre de roman de gare, « la fille de l'avion ». Tu as eu l'air surpris. Tu m'as demandé si tu pouvais me rappeler. J'ai tout de suite su que tu n'étais pas seul.

Je suis sortie pour ne pas attendre. Tu as laissé passer plusieurs jours. Et puis un soir, pour la première fois depuis que j'étais arrivée, mon téléphone a sonné. Tu as dit j'aimerais qu'on se voie, maintenant. J'ai demandé, nonchalante pour la forme : pourquoi si vite ? Et toi, dans un souffle : s'il te plaît. Tu avais dit maintenant. S'il te plaît. Cette urgence. Tu m'as donné rendez-vous une demi-heure plus tard dans un café en bas de chez moi. J'ai pris une douche, je me suis maquillée, j'ai mis du parfum. Je trouvais ça bien que les choses soient claires. Tu étais assis en terrasse quand je suis arrivée et tu buvais quelque chose de fort. Dans tes gestes, dans ton sourire, on pouvait deviner ton assurance, cette façon, me semblait-il, d'être adulte, presque arrogante, de traquer le désir dans le regard de l'autre, sans jamais baisser les yeux. J'avais le sentiment d'être une gamine mal dégrossie. Tu m'as dit tout de suite que tu vivais avec quelqu'un, que tu allais te marier. Tu n'as pas cherché à expliquer. C'était à prendre ou à laisser. Tu voulais que je te parle de moi. Je t'ai raconté mes études, mon goût pour le bruit, mon incapacité à dormir dans le noir, les cauchemars de mon enfance, mon insistance auprès de mes parents pour aller au catéchisme parce que je croyais que c'était un sport de combat, un dérivé sophistiqué du catch ou quelque chose comme ça. Je cherchais le bon registre, ni trop intime, ni trop immédiat, je cherchais à te plaire, j'avais peur de te paraître trop jeune, trop naïve, d'en dire trop ou pas assez, de laisser deviner mon désarroi, ma colère, tout cela pourtant n'avait aucune importance. Il était question d'autre chose. On se regardait et le reste n'était qu'un prétexte pour être là, assis l'un en face de l'autre. Je sentais quelque chose battre ou frémir, au creux de mon ventre, dans l'air du soir je percevais ton odeur, l'odeur de ta peau. Je regardais tes dents quand tu riais, je racontais pour te voir sourire, étourdie par le désir qui s'était interposé entre nous et nous isolait de la rue. Je me souviens qu'à plusieurs reprises j'ai eu envie de dire allons-y, maintenant, parce que je pensais que ce serait bien qu'on monte chez moi, qu'on fasse l'amour et qu'on n'en parle plus. J'ai repris un verre. C'est avec toi que j'ai commencé à boire dans les cafés. Tu connaissais un restaurant chinois, pas loin de là. Quand nous nous sommes levés, il faisait presque nuit, nous avons marché côte à côte. Je voyais bien que tu pesais mes seins, mes hanches, cherchais à deviner mes fesses sous la jupe. Au restaurant, tu as vu les cicatrices sur mes poignets.

Ça excite toujours les hommes, le sceau du désespoir là où la peau est le plus douce, le plus fragile. Plus tard, ça leur fait peur. La question était dans ton regard. J'ai haussé les épaules et j'ai souri. Et puis je suis descendue aux toilettes.

Il y a toujours un moment où l'on s'écarte, où l'on se retire du jeu. C'est là qu'on prend conscience des enjeux, ce qu'il faut miser, ce qu'il faut reprendre. C'est là, appuyée sur le lavabo, que j'ai su à quel point tu me plaisais. C'est là, sous la lumière blanche d'un néon qui clignotait, que j'ai compris qu'il était trop tard. Déjà je ne souhaitais rien d'autre : être à côté de toi, avec toi.

Je me suis rassise devant toi, nous avons bu de l'alcool de riz dans ces verres au fond desquels dansent des femmes nues. J'avais vingt ans et je te plaisais. J'étais consciente de l'attrait que j'exerçais sur toi et les gestes, les caresses que nous n'avions cessé d'imaginer chargeaient l'air d'une moite impatience. Tu m'as raccompagnée en bas de chez moi. Tu m'as embrassée. Je n'ai pas souvenir d'autre baiser. Et pourtant il y en a eu d'autres. D'autres hommes aussi. Tu as pris mon visage entre tes mains.

Tout ce que je pourrais écrire là-dessus, sur le désir de l'autre, à se coucher par terre, sur le trottoir, tout ce que je pourrais écrire sur les corps qui vacillent, le sang qui bat dans les veines, cette onde tiède au ventre, tout ça serait tout juste bon pour la fille de l'avion. Je suis remontée chez moi. Tu n'avais pas touché mon corps. Juste le visage.

Sur mes tempes, sur mon front, l'empreinte de tes mains.

Tu es revenu le lendemain. Et le surlendemain.
Je sais maintenant que les histoires se jouent dans les premières heures, dans les premiers mots. Les jeux sont faits. Celui qui donne et celui qui reçoit. Celui qui gagne et celui qui perd. Et tout est là, cartes retournées, face cachée, sur la table.

J'aurais pu demander des aménagements, des avenants, des clauses particulières. Je croyais que je n'avais rien à perdre. J'étais toute à toi. Libre et disponible. Je me pliais à ton emploi du temps. Tu me donnais rendez-vous là où on ne peut être vu, au fond des salles dans des cafés dont les noms – l'Espoir, les Cimes, le Terminus –, à mesure que les jours passaient, semblaient raconter une histoire à laquelle je ne voulais pas croire. Sous les tables, tu glissais tes mains entre mes cuisses.
Quand les cours ont repris, je me dépêchais de rentrer pour ne pas manquer ton appel. Parfois, je te trouvais sur le pas de la porte, la tête entre les mains. Cette image de toi, assis en haut des marches, le dos courbé, m'est revenue quand je t'ai vu, droit comme un i, sur les photos. Je t'ai donné la clé. Il t'arrivait de venir tôt le matin, de

te glisser dans mon lit. Il m'arrivait de t'y rejoindre le soir, quand je rentrais tard.

J'avais besoin de t'avoir au fond de moi. J'aimais que tu me pénètres avec violence, à peine arrivé, que tu me couches sur la table, à plat ventre, que tu relèves ma jupe sans même m'avoir parlé, j'aimais ton impatience. Ton souffle dans mon dos. Tes mains qui attrapaient ma nuque ou mes cheveux, cette force avec laquelle tu me soulevais, à me rompre le dos. J'aimais sur les draps mon corps étendu, qui réclamait encore, les caresses lentes qui précédaient ton ardeur. Je me souviens de ces soirées d'automne où, chancelants d'avoir fait l'amour pendant des heures, nous sortions dîner. J'aimais la douceur de la nuit, cette pluie fine sur nos visages, l'ivresse du premier verre de vin, cette langueur dans nos gestes, nos corps épuisés. Tu ne m'a jamais parlé d'elle. Je sais seulement qu'elle voyageait pour son travail, et qu'elle partait parfois plusieurs jours, nous offrant, sans le savoir, cette fallacieuse liberté.

Je t'ai aimé. Dès le premier soir. Je ne sais pas si j'ai cru, ne serait-ce qu'un moment, que tu pouvais renoncer. Je ne sais pas si cet amour enflait parce que tu en avais fixé l'échéance ou s'il se nourrissait en silence de l'espoir insensé de te voir changer d'avis. Nous avons fait l'amour de plus en plus violemment. De plus en plus fort. Nous avons fait l'amour comme si chaque fois devait *être la dernière, comme si rien, jamais, ne devait être plus intense, plus profond, comme s'il nous fallait aller au bout de l'acceptable, là où les limites s'estompent, disparaissent, là où les autres s'arrêtent. Je te voulais toujours plus loin, au fond du ventre. Je me souviens de la force de tes mains, enserrant mes hanches. De tes morsures à mon cou. Du goût de ton sexe dans ma bouche, longtemps après que nous nous fûmes quittés. Je me souviens de tout. Je plantais mes ongles dans ta chair et après ton départ je cherchais sur mon corps l'empreinte de tes mains.*

Dans cette volonté aveugle de ne faire qu'un, cet élan inassouvi, je te perdais.

Car dans cette violence nous n'avions jamais été si vulnérables.

Un soir de décembre, tu m'as appelée, tu m'as proposé d'aller au cinéma. Avant même que le film commence, à la manière dont tu étais assis, dans cette distance qui séparait nos corps, j'ai compris que l'heure était venue. C'était fini. Au café, un peu plus tard, j'ai cherché dans ton regard, dans tes mots, un signe, un détail pour croire, encore un peu, un tout petit peu, que je me trompais. Nous nous sommes levés. Il n'était plus question de dîner ensemble. Encore moins de s'allonger. Il était question de se quitter. Tu avais devancé la date, et je savais que c'était sans appel.

Je t'ai facilité la tâche. Je suis allée au-devant de la lame. J'ai dit : tu es loin.

La réponse était claire. Précise. Il fallait juste que je tienne debout. Seulement ça. Il fallait chercher quelque part, au plus profond de soi, la force de mettre un pied devant l'autre, de monter les escaliers, de tourner la clé dans la serrure et de ne pas tomber dans le vide. Tu m'as suivie jusqu'au métro. Je t'ai demandé de prendre le suivant. Je pensais qu'arrivée chez moi, je m'écroulerais.

Au lieu de ça j'ai contemplé dans le miroir ma jolie robe à peine froissée, les losanges roses et beiges, mes chaussures à lanières.

Mon corps intact.

Des hommes me regardent dans la rue. Je porte des talons hauts et des jupes légères. Je marche en fin de journée, entre chien et loup, en attendant que la nuit tombe. J'aime cette heure, quand la ville murmure, quand les gens se pressent de rentrer quelque part, cette heure où tout semble possible. J'écoute le bruit de mes chaussures sur les trottoirs. Les lumières s'allument aux fenêtres. Tu n'es plus là depuis longtemps.

J'ai besoin de la proximité des corps. Parfois je me noie dans la foule, me laisse porter, je prends le métro à l'heure où le flot est dense, compact, j'aligne mon pas sur celui des autres, entraînée dans les couloirs de correspondance, rapide, je glisse sur les tapis roulants, je grimpe dans les escalators, je suis le mouvement, je vais là où ils m'emmènent, je change de quai, de rame, je presse le pas, juste pour vérifier que je suis encore vivante. Je cherche les endroits où il y a du monde, je m'enfonce dans les Grands Magasins, traîne sur les marchés, traverse les queues compactes devant les cinémas. Je finis toujours par me poser. Je fuis les cafés déserts, où la solitude des autres épaissit dans l'air à mesure que l'heure tourne. J'aime le bruit, les éclats de voix, les rires, la musique quand elle est trop forte. J'aime quand la nuit s'empare des visages, les étiole, les éteint.

Des hommes il y en a eu d'autres. J'ai caressé leur peau, j'ai dormi dans leurs bras. Je n'ai pas toujours connu leur prénom.

Hier soir, au Café des Bulles, un serveur s'est approché pour prendre ma commande. J'ai levé les yeux vers lui et, pendant quelques secondes, il m'a semblé qu'à l'intérieur de moi l'oxygène, le sang, et tout le reste, dans un même court-circuit, s'étaient interrompus. Au loin, j'ai entendu ma voix, plus grave qu'à l'accoutumée : un verre de Rasteau, s'il vous plaît. Je ne l'avais jamais vu avant. Quand il est revenu, j'ai regardé le grain de sa peau dans l'entrebâillement de sa chemise, ses mains, la longueur étrange de ses cils. C'est rare que je désire un homme, je veux dire comme ça : de manière immédiate. Il a posé le ticket sur ma table, il m'a souri.

Alors je n'ai plus fait que ça. J'ai regardé cet homme. Sa silhouette fine glissant entre les tables.

J'aurais voulu écrire « cher Matthieu » ou « cher Nicolas » en haut de la première page, mais je ne sais pas bien auquel de toi je m'adresse. En même temps, à l'usage, j'aime l'idée que ces lettres fassent l'économie d'une entrée en matière, qu'elles se situent hors du cadre, qu'elles ne commencent ni ne finissent nulle part. J'écris à même la source, là où le temps est aboli, là où il s'est arrêté. À brûle-pourpoint. Mais pas tant que ça. Nous avons tous une histoire à raconter. Quelque chose dont il faudrait réussir à se débarrasser, pour avancer.

C'est l'histoire d'une femme qui traîne dans les bars à la recherche d'un homme qu'elle a perdu trop tôt. Ce n'est pas tout à fait lui qu'elle cherche, plutôt le souvenir de lui, le souvenir d'avant lui.

C'est l'histoire d'une femme qui écrit à un homme qui écrit, une femme sans contours, venue de nulle part, qu'il a peut-être oubliée, qui peu à peu se dessine, refait surface, cherche de l'air. Un air plus doux, apaisé.

Il a posé les croissants et la baguette fraîche sur la table de la cuisine, il a allumé la radio, fait couler un café à réveiller un mort. Paul et Louis regardaient la télévision, Élise dormait. Il a appelé les garçons. Sa voix était rauque, il s'était couché tard et avait fait des rêves étranges. Ils ont déjeuné sans un mot, leurs pieds balançaient sous la table. Il a débarrassé les bols, rangé le Nesquick et les céréales dans le placard, avec cette sensation d'être occupé ailleurs, d'assister de l'extérieur au rituel exécuté par un autre.

Il est assis dans la cuisine. Il a froid mais il ne bouge pas.

Dans le tiroir de son bureau, il a rangé la troisième lettre avec les autres.

Il aurait voulu être capable de la déchirer.

Il aurait voulu ne pas l'avoir lue.

Sur le papier Sara fait entendre sa voix, livre sa partition, elle trace une ligne qui annule le temps, s'insinue au plus profond, là où il n'est jamais revenu. Peu à peu, elle se révèle, se donne, projette hors d'elle les mots de l'absence. Il voudrait comprendre. Ce qu'elle veut. Ce qu'elle cherche. Pourquoi maintenant. Dix ans après. Elle se débarrasse d'une histoire qu'il ne connaît qu'en partie, et c'est bien assez, une histoire qu'il avait reléguée avec les autres, comme autant de morceaux de verre brisé, enfermés dans un bocal, où jamais la main ne plonge, ne s'aventure. Elle jette à ses pieds des grenades dégoupillées, elle se moque des dégâts, elle imagine sans doute l'intensité de l'explosion, espère la puissance du souffle, elle guette dans le ciel un nuage chargé d'encre. Il se souvient de cette phrase, dans la deuxième lettre : *J'ai lu ton livre. Ton livre comme un boomerang.*

Elle lui rend la monnaie de sa pièce. Voilà tout. Trois lettres qu'il ne doit lire ni dans leur vérité ni dans leur douleur, trois lettres dont il ne doit garder que l'onde. Mais il ne peut pas. Il lutte contre les images, les chasse de la main, il ne fait plus rien d'autre : changer de place, sortir, rentrer, marcher, pour échapper à ça. Il a mal. Il se souvient combien il était fier d'avoir une si jolie fille à son bras, et combien il avait honte en même temps de cet orgueil mâle, archaïque. Dans la rue, les hommes se retournaient sur elle ; sa peau brune, ses cheveux longs, la courbe de ses hanches et cette démarche indolente, insolente, qui forçait le regard. Il revoit l'escalier étroit qui conduisait chez elle, les tomettes usées sous son pas impatient, cette porte dérobée, au bout d'un couloir.

Pendant quatre mois, il n'avait vécu que pour la retrouver, espérant qu'il parviendrait au bout, qu'il épuiserait ce désir fou qu'il avait de sa peau. Mais chaque jour il se réveillait avec le même désir, la gorge serrée et le sexe tendu à le faire souffrir. Pendant plusieurs semaines il avait emprunté l'escalier qui menait à l'appartement de Sara, le souffle court, sonore, sans jamais allumer la lumière, il avait frappé à sa porte, fébrile, comme si sa vie entière avait été aspirée par ce besoin unique et trivial : être au fond d'elle, au plus profond. Jamais auparavant il n'avait éprouvé avec une telle intensité cette pulsion avide, ce désir violent de possession. Jamais il n'avait été si loin dans le corps à corps. Il avait cru, multipliant les rendez-vous, les étreintes, qu'il finirait par atteindre ce point sans retour où le désir se transforme, devient plus doux, plus patient, où tout a été dit qui devait se dire. Mais à mesure que le temps passait il lui semblait que rien ne pouvait altérer ni tarir cette avidité qui les poussait l'un vers l'autre, corps encastrés, sous tension, reliés entre eux par une force confuse, destructrice, inextinguible.

Il n'avait pas menti. Dès le premier soir, il avait été clair. Il aimait Élise et il considérait qu'au point où il en était, il lui fallait s'en tenir à cette évidence. Au café où il avait retrouvé Sara, quelques jours après leur rencontre, tandis qu'il l'observait, il s'était étonné de rejouer, une fois encore, le jeu de la séduction. Le scénario était connu. Il savait s'y prendre. Ils avaient dîné, ils avaient parlé, il l'avait raccompagnée et l'avait embrassée. Il était remonté dans sa voiture. Sur le périphérique, il avait senti son pied peser sur l'accélérateur. Il avait mis la radio, avait ouvert la vitre, il avait roulé vite.

Le lendemain il était venu chez elle, il l'avait déshabillée dans l'entrée, l'avait plaquée contre la porte et pénétrée debout, sans un mot.

— Matthieu ?

Élise vient de se réveiller, cheveux épars, yeux gonflés par le sommeil. Il regarde sa montre. Il est onze heures. Depuis combien de temps est-il assis là, à se rejouer l'histoire ? Élise le regarde, indécise, pieds nus sur le carrelage, il devine son corps dans la transparence du tissu.

Élise se tient debout devant lui, avec ce sourire qu'elle a toujours eu, lucide et doux. Il sait ce qui l'attache à elle. Élise est la femme de sa vie. Et l'expression, aussi banale soit-elle, lui semble soudain prendre un sens plus grave, plus profond. Élise traverse la vie les mains ouvertes, donne sans compter, son amour, son rire, son indulgence. Élise toujours se relève, jamais ne renonce.

Au plus près pourtant de l'infini désordre du monde, Élise abrite quelque chose qui lui échappe. Quelque chose qui l'émerveille.

Une aptitude à la douceur.

Matthieu glisse la monnaie dans la poche de son jean et sort du tabac. Le catalogue automne-hiver est bouclé, il rentre chez lui. À l'agence, ils ont sorti le champagne, ils ont levé leur verre, pour fêter ça, mille cinq cents pages d'articles disponibles sur commande, livrables en vingt-quatre heures, mais lui non, il ne pouvait pas, ça le dérangeait même, cette fraternité soudaine, cette joie compassée, et la fatigue qu'on fait semblant d'avoir déjà oubliée. Il s'est éclipsé. Il est dehors. Sur le trottoir d'en face, une femme brune s'éloigne, elle porte un manteau noir, une écharpe rouge, ses cheveux longs balancent sur ses épaules. Il ne respire plus. C'est elle. Un autobus s'arrête au feu, juste devant lui, entrave sa vision pendant quelques secondes. Il se faufile entre les voitures et se met à courir. À quelques mètres d'elle, il percute une masse épaisse et invisible : dans l'air, de plein fouet, le parfum d'ambre que portait Sara. Il vacille, inspire une dernière fois ce qui reste de l'effluve, ignorant les corps qui le bousculent, et le vertige, tandis que la silhouette s'éloigne d'un pas rapide. Il s'assoit sur un banc et ferme les yeux. Le souvenir de Sara revient avec une violence inouïe : ses gestes longs, sa peau mate, et, si proche, cette voix qui lui échappe encore. Il peut la voir. Il peut sentir précisément, au fond de lui, la perte de ce corps. Au bout de plusieurs minutes, il finit par se lever, marche droit devant lui, s'engage dans une rue sans réfléchir. Quand il arrive à hauteur du Café des Bulles, il s'arrête et jette un œil à l'intérieur. Ce soir, elle ne peut pas y être, puisqu'il vient de la voir partir dans la direction opposée. Mais il n'a vu cette femme que de dos. Il hésite. Il pousse la porte du café et choisit une place au fond de la salle. Il imagine Sara, assise à l'une de ces tables, sa silhouette longue, il imagine la posture de son corps – fier et droit, cambré sur la chaise –, il cherche autour de lui quelque chose qu'elle aurait laissé. Il cherche son visage. Elle a trente ans, elle porte des talons hauts, elle traîne dans les bars. Depuis quand ? Depuis quand si près de lui ? Il l'a croisée sans la voir. Il est là, assis peut-être à la place qu'elle occupe chaque soir pour l'attendre. Il a du mal à respirer. En face de lui, une femme boit à petites gorgées un verre de vin blanc. Elle porte un chapeau de laine, grossièrement tricoté, une longue robe noire et des bottes de cuir rouge à talons hauts. Elle le dévisage. Il commande un Perrier et allume une cigarette. Il pose ses mains à plat sur la table et ferme les yeux. Il doit se soustraire quelques minutes aux regards, au brouhaha du café, faire taire ce bourdonnement sourd qui agace ses tympans. Quand il ouvre les yeux, vaguement apaisé, il découvre la femme au chapeau assise à sa table.

— Je vous connais, je crois. Je vous ai vu à la télévision. J'ai oublié votre nom, mais vous êtes un auteur à la mode, n'est-ce pas ?

Matthieu répond par un signe affirmatif. Il n'a pas envie de parler. Il baisse les yeux, mine renfrognée, espérant ainsi couper court à l'échange, mais elle poursuit.

— C'est drôle, mais je ne me souvenais pas que vous portiez des lunettes.

— Je n'en portais pas.

— Ça donne un genre. C'est important, quand on écrit.

La femme au chapeau est assise en face de lui. Silencieuse. Il aimerait qu'elle s'en aille.

— Je peux faire quelque chose pour vous ?

— Je ne crois pas, non, monsieur. Ou tant de choses qu'il ne serait pas possible de les énumérer sans prendre le risque de vous lasser. Vous attendez quelqu'un ?

— Non.

La femme au chapeau s'est renversée sur son siège, bras croisés, et le regarde avec attention.

— Alors vous réfléchissez…

Il n'y a pas d'ironie dans le ton de sa voix. Elle se lève un court instant pour attraper le verre qu'elle a laissé sur sa table, puis se rassoit tranquillement. Il regarde ses ongles dont le vernis, d'un rose translucide, commence à s'écailler, et ce foulard de soie qu'elle a noué autour de son cou, qui dissimule mal le flétrissement de la chair.

— Moi aussi, vous savez, j'ai tenté d'écrire. J'ai longtemps cherché, dans la phrase des autres, le savoir-faire, cette clôture parfaite qui faisait d'eux des écrivains. Je disséquais ce tissu serré, dense, multiple, j'admirais leur habileté, leur précision. Je rêvais d'apprivoiser la phrase, son rythme et sa texture, mais j'avais lu trop de langues pour croire que j'étais capable d'en inventer une.

— Vous avez renoncé ?

— J'ai continué à lire. Et à rêver. J'ai compris trop tard que la langue n'était pas une affaire de savoir-faire, et encore moins de perfection. Qu'est-ce qui donne aux mots les plus usés, aux phrases les plus convenues cette musique souterraine ? Voyez comme les écritures les plus arides, les plus sèches, nous font parfois vaciller. Lisez tout haut, écoutez le son, voyez comme certaines phrases résonnent, s'insinuent, qui n'ont rien d'extraordinaire en apparence, rien en leur syntaxe ne relève de la prouesse ou de la performance, elles n'ont rien à prouver, il suffit de les écouter. La langue surgit du corps, monsieur, qu'elle vibre, qu'elle hurle ou qu'elle murmure, qu'elle s'étire ou se resserre, elle finit toujours par se donner à voir, à entendre, à caresser.

Elle avale une ou deux gorgées et le regarde avec

reconnaissance. Sans doute n'est-il pas si fréquent qu'on prenne la peine de l'écouter.

— Et maintenant ?

— Maintenant c'est trop tard, je vous l'ai dit. Maintenant, je traîne ici ou ailleurs, je rencontre des gens comme vous et je leur assène des vérités incontournables ! Le vin a fait de moi un personnage comme on en trouve dans les livres, une figure du désespoir ou une connerie dans ce genre.

Il n'ose pas regarder sa montre, de peur de la blesser. Il doit être tard. Il devrait se lever, rentrer chez lui.

— Vous avez l'air de quelqu'un qui traverse une mauvaise passe.

Elle a prononcé ces mots doucement, comme elle se serait parlé à elle-même, suffisamment fort cependant pour qu'il entende, et maintenant elle sirote son verre, elle guette l'effet de l'offensive, elle fait durer. Il détourne les yeux.

Il va poser un billet sur la table, enfiler sa veste et se lever. Mais elle reprend.

— Dans les bars, on trouve deux catégories d'hommes. Je peux vous le dire, monsieur, car il y a longtemps que je fréquente ce genre d'endroits. Et j'observe. Les premiers sont seuls comme des chiens errants, rien ne les attend, ni ici, ni ailleurs. Parfois, ils ont perdu quelque chose ou quelqu'un, parfois ils n'ont rien connu d'autre que cet abîme originel qui les enchaîne au comptoir. Pas d'amour, je veux dire. Les autres, c'est différent. Les autres, ils s'arrêtent un soir, et puis deux, et puis tous les soirs, parce qu'ils n'ont pas envie de rentrer chez eux. Ils ont besoin de boire. Autant que les premiers. Ils ont besoin de ça pour pousser la porte de leur immeuble. Ils ne sont pas malheureux. Ils ont une femme et des enfants, un canapé et une télévision, ils ne manquent de rien. Je ne crois pas. Ils vieillissent et ils ont peur.

— Et les femmes, les femmes dans les bars ?

— Les femmes, c'est une autre affaire. Les femmes, elles attendent. Ce n'est pas la même chose.

Sur ces paroles, elle termine son verre d'un trait et prend congé. Par la vitre, Matthieu la regarde s'éloigner d'un pas incertain. Elle traîne derrière elle un petit caddie bourré de sacs en plastique. Il se sent soudain si petit. De quel droit prétend-il écrire ? En vertu de quel combat, de quelle urgence ? Qu'a-t-il de si important à raconter ? Quel genre d'auteur ou d'imposteur est-il, lui qui rentre chez lui tous les soirs à la même heure, dort dans des draps propres, change de lave-vaisselle tous les cinq ans, lui dont l'écriture est à ce point dépourvue d'ambition et de révolte ?

Quand il est rentré, Élise et les garçons étaient à table. Il s'est assis auprès d'eux, Élise ne le quittait pas des yeux, les garçons regardaient leur mère, guettant les mots du reproche ou du pardon, mais Élise se taisait et laissait peser sur eux ce silence interrogateur. Il était fatigué. Il n'avait pas envie de parler. Après le dîner il a lu aux garçons quelques pages de *Bilbo le Hobbit*, il s'est allongé à côté de Louis, il est resté là, longtemps après qu'ils eurent éteint la lumière, il a laissé venir les images dans le désordre, lumineuses, des images dont il pouvait maintenant percevoir le point d'impact, comme un coup porté au ventre. Leurs départs en vacances, la voiture débordant de couches et de bagages, les garçons ficelés à l'arrière, les aires d'autoroute écrasées par le soleil, cette maison du Lot qu'ils avaient louée plusieurs étés, Élise allongée sur un transat orange, plongée dans le *Quatuor d'Alexandrie*, les bouées en forme de canard abandonnées au bord de la piscine, l'heure de la sieste dont ils profitaient pour faire l'amour, l'entrée de Paul à la maternelle, son cartable Pokémon sur le dos, les promenades au parc sous un ciel d'automne, les feuilles mortes séchées collées dans des albums, les dimanches d'hiver en pyjama, ces moments de bonheur intense, absolu, qu'il lui semblait pouvoir atteindre pour la première fois.

Il est resté là encore quelques minutes, immobile, les yeux fermés, cherchant à retenir les couleurs, les sensations, à les multiplier, et puis dans le silence il s'est relevé, les garçons s'étaient endormis.

Maintenant il erre dans l'appartement, attrape çà et là les affaires qui traînent. Il se laisse tomber sur le canapé. Un long frisson parcourt son dos. Élise le rejoint, se colle contre lui, elle sent la chaleur de son corps, la tension de ses membres.

— Il faut que tu m'aides, Matthieu. Je ne sais pas ce qui se passe. Je ne sais pas ce que je dois faire. C'est comme si quelque chose remontait à la surface, que tu protèges, quelque chose qui te met en danger, qui *nous* met en danger. Mais si tu ne dis rien, je ne peux pas comprendre, je ne peux pas me battre.

Il voudrait être capable de lui tendre les bras, de caresser son visage, mais il ne peut pas. Il prend soudain la mesure des semaines écoulées, de cet état de solitude dans lequel il s'enfonce, loin d'elle et des garçons, en marge de sa propre existence dont il accomplit chaque geste par la seule force de l'habitude, se lever, prendre une douche, se brosser les dents, faire du café, comme autant d'absurdes et minuscules combats. Mais à ce moment précis, il est incapable de dire, de Sara ou de son roman, lequel l'accapare le plus, le dévore, tant ces deux choses lui semblent entremêlées, ont pris possession de lui, et viennent fouiller, au plus profond, là où les mots sont bannis depuis longtemps.

— Excuse-moi, je ne suis pas très bien. Ne t'inquiète pas, je suis fatigué, c'est tout.

Élise lui sourit. Elle sort de la pièce, elle ne se retourne pas.

Il s'est enfermé dans son bureau et a posé un disque sur la platine. Avant même que le premier morceau commence, il tourne le bouton du volume. Il écrit pendant deux heures, fébrile, ses mains sont moites et sa plume entame le papier. Seule la rapidité du geste le soulage. Le temps de l'histoire s'impose à lui comme du dehors, s'arrête ou s'accélère d'une manière autonome. Il tente de maîtriser ce flux comme le sang s'écoulant d'une plaie, le récit progresse par vagues, se construit dans un mouvement sans repos, tantôt léger, diffus, tantôt violent comme une lame de fond. Il suit les lignes de fuite, creuse à mains nues, là où la phrase semble la plus neutre, la plus usée, et de ces fragments inutiles jaillit parfois une étincelle, comme au terme d'une mystérieuse incubation.

Élise est entrée dans la salle de bains, elle a laissé tomber à ses pieds le peignoir en satin qu'il lui a offert l'année dernière, elle s'est glissée dans la douche sans dire un mot. À travers le rideau, il distingue sa silhouette, la caresse du savon qu'elle fait descendre le long de son corps. Il reste là. Près d'elle. De l'autre côté. Il n'y a pas si longtemps, il lui arrivait encore de la rejoindre, de se coller dans son dos, d'embrasser sa nuque sous l'eau tiède. Il n'y a pas si longtemps, ils fermaient le verrou, et volaient quelques minutes au tourbillon matinal. Élise est une jolie femme. Une femme désirable. À quarante-trois ans, elle sait mettre en valeur sa silhouette presque adolescente, qui, dans ses vêtements ajustés, appelle encore le regard, hanches étroites, jolis seins, plantés haut, et cette aisance dans ses gestes. Élise est une femme gaie, dont on souligne l'humour et la repartie. Il l'aime. Il l'aime d'un amour immense, profond, complice.

Il l'aime mais il la désire moins, moins souvent, moins violemment. Et quand il la regarde évoluer près de lui, gracile, légère, sans tendre la main, quand ils se frôlent sans se toucher, sans dévier de leur trajectoire respective, il prend conscience de cet éloignement. À vivre à côté de l'autre, on gagne en connaissance, en profondeur, mais on perd la magie. Tout a été donné, tout a été mis à nu. Plus rien n'échappe.

Sans doute peut-on se contenter de ça, de cette vie sans peur, sans rien qui brûle, à l'intérieur de soi. Sans doute aurait-il pu se contenter de ça.

Mais les lettres continuent de chuchoter au fond du tiroir, font naître en lui un trouble étrange qui l'accapare. Il ne s'est jamais senti aussi vulnérable. Il ne s'est jamais senti aussi vivant. En quelques semaines, sa vie s'est réduite à cet état de manque qu'il entretient sans s'en rendre compte, agacé qu'on prétende l'en détourner ou l'en divertir, qu'on interrompe ses rêveries, qu'on l'oblige à s'y soustraire.

Élise sort de la douche. L'eau ruisselle le long du rideau, ses pieds laissent des empreintes humides sur le sol. Les miroirs sont brouillés. Il n'arrive plus à bouger, ni à sourire, il se tient là, près du lavabo, il la regarde. Il écoute le frottement de la serviette sur ses épaules, sur ses cuisses, et puis soudain le corps d'Élise l'appelle, *touche-moi, caresse-moi*, elle sèche sa peau par petits bouts, tête baissée, elle n'entend pas cette longue plainte qui vient d'elle, *prends-moi, embrasse-moi*, elle enfile ses vêtements, les gestes sont rapides, précis, *serre-moi dans tes bras*, tandis que sous le tissu le cri devient plus aigu. Insupportable.

Il referme derrière lui la porte de la salle de bains. Dans la cuisine, Paul et Louis se disputent à propos d'un DVD disparu. Matthieu s'assoit. Il les observe, cherche sur leur visage les rondeurs de l'enfance. Ils ont grandi. Ils sont grands. Bientôt ils porteront des jeans larges et des sweat-shirts dont il ne comprendra pas les sigles, ils téléphoneront à des copains, surferont sur Internet, s'enfermeront dans leur chambre. Bientôt ils cesseront de se disputer pour la surprise glissée au fond du paquet de céréales.

Bientôt il n'osera plus les prendre dans ses bras.

Il n'a pas faim. Autour de lui le temps s'est déposé sur les meubles, sur les objets, comme un voile, infiniment fin et terne, les murs ont la couleur vieillie des journaux laissés à la lumière, les affiches gondolent et se décollent aux coins, les rayures dessinent sur le carrelage des ruisseaux asséchés. Il regarde le lave-vaisselle, le four à micro-ondes, le grille-pain, cette invisible pellicule grise qui les recouvre, il se souvient de leur blancheur immaculée, de leur éclat, lorsque flambant neufs ils ont pris place dans la cuisine pour la première fois. Élise les rejoint, fait couler l'eau brûlante sur le sachet de thé, il la regarde, ses cheveux lisses, son sourire du matin, doux et lointain, sa cuiller distraite qui danse au fond du bol. Le rimmel a coulé sur sa joue droite comme une larme noire.

Il a besoin d'autre chose. De se mettre en danger.

La nuit est silencieuse. Elle se pose sur les meubles, glisse sur les tapis, elle s'infiltre sous les portes et remplit l'air d'une torpeur moite. Il veille. Élise l'a appelé à l'agence ce matin pour lui proposer de partir en week-end à la campagne, chez Laure, les garçons n'avaient pas classe samedi, c'était une bonne occasion, de prendre un peu l'air, de voir le ciel, de se retrouver. Il a dit non. Il n'avait pas besoin d'air, il avait besoin d'être seul, pour avancer.

Ce soir, quand il est rentré, la tablette de la salle de bains était presque vide, les brosses à dents avaient disparu, et avec elles le dentifrice à la framboise. Ils étaient partis. Il a laissé un message sur le portable d'Élise pour leur souhaiter un bon week-end, les embrasser.

Il s'est installé à sa table, sans même boire un verre d'eau, il s'est mis tout de suite à écrire, pour s'occuper les mains, pour ne pas ouvrir le tiroir. Il n'a pas dîné. Il a laissé la plume glisser sur le papier, il s'est concentré sur ce geste, tant que cela était possible, sa main droite tenant le stylo, sa main gauche posée sur la feuille pour l'empêcher de bouger. Et autour de lui ce silence étrange, inhabituel. Il a tenu une heure, peut-être moins. Et puis il a ouvert le tiroir pour relire la lettre.

Comment a-t-il pu croire qu'il parviendrait à se détacher de son contenu ? Comment a-t-il pu croire qu'il parviendrait à s'en défaire ? Il est minuit vingt. Il est seul et Sara l'attend, à quelques rues d'ici. Ce soir elle est là, il le sent, et soudain cela lui paraît si simple, si facile, courir jusqu'au Café des Bulles, chercher ses lèvres, puis dans sa bouche le goût du vin. Il tourne en rond, incapable de s'asseoir ou de se coucher. Il ne peut plus. Il est seul et elle est là. Il enfile une veste, inutile de résister, il n'y arrivera pas, il se regarde dans le miroir, change de pièce, se tord les doigts. Il va et vient, fait glisser sa main le long des murs, une force confuse le projette dehors et, avec la même brutalité, le retient chez lui. Il lui semble qu'il est arrivé au bout de l'attente, qu'il ne peut aller plus loin. À cet instant, il donnerait n'importe quoi pour être près d'elle, pour revivre la puissance de cette étreinte, entendre, une seule fois – une dernière fois –, son souffle saturé par l'attente.

Il allume la télévision et prépare un café fort. Il s'oblige à s'asseoir pour manger. À respirer. Par moments il sent la douleur qui se rapproche, qui remonte de l'intérieur, du plus profond, par moments il la sent qui s'éloigne. La première gorgée de café lui brûle l'œsophage, il en éprouve une forme de soulagement. Son corps se détend. Il peut y arriver. Il doit y arriver. Aller au bout du livre. Ranger la lettre avec les autres, se remettre à travailler. Ranger la lettre et ne plus y revenir. Contenir cet élan aveugle qui tend vers Sara, plus violent à mesure qu'elle se donne à lire, plus violent à mesure qu'il avance.

Sara écrit l'histoire inachevée qui a été la leur. Dans le secret des mots, entre les lignes, elle cherche un sens. Elle attend une réponse. Il ne doit pas y penser. Pas encore. Les images s'interposent – une robe rouge roulée en boule, les livres posés à même le sol, et ce grand lit au milieu de la pièce qu'il avait toujours vu défait –, les images se multiplient, se précisent, il doit les apprivoiser, s'approcher d'elles, s'en nourrir et les maintenir à distance. Pendant des nuits entières il avait pris possession de son corps. Dévoré la plus petite parcelle de sa peau. Jusqu'à ce soir de décembre.

En sortant du cinéma, ils avaient pris un verre. Sara lui avait raconté une histoire qu'il n'avait pas écoutée. Il buvait une bière et il était loin. Quelque chose s'était éteint, entre elle et lui. De manière aussi soudaine et inexplicable que cela avait commencé. Quelque chose s'était éteint parce que sa vie était ailleurs. Il lui avait proposé de marcher. Au bout de quelques minutes, elle s'était arrêtée pour lui faire face. Alors il avait dit : c'est fini. Ou bien : il faut qu'on arrête de se voir. Ou peut-être : je n'y arrive plus.

Elle avait fermé les yeux, pendant quelques secondes, et puis elle avait souri.

Elle n'avait pas dit : reste encore un peu.

Elle n'avait pas dit : reviens vite.

Maintenant il s'interroge : est-ce que cela aurait changé le cours des choses ? Si elle avait pleuré. Si elle l'avait supplié. Elle était trop fière. Trop fière et pourtant si vulnérable.

Il l'avait regardée entrer dans le métro, la tête haute. Il avait pris le suivant, il était rentré chez lui. Il avait monté lentement les trois étages, pour que rien ne se coupe ni ne s'arrête – ni le souffle ni le sang. Il n'avait pas souffert.

Dehors il pleut. Il n'est pas sorti. Il passe tout le week-end à écrire. Il travaille sous influence et laisse grandir en lui cette voix qui le réveille aux premières heures du jour et l'emmène tard dans la nuit. Il obéit à une forme d'empressement qu'il attribue à l'urgence du désir, conscient que celui-ci n'a fait que grandir, qu'il s'est modifié, et devient plus dangereux à mesure qu'il avance. Le désir nourrit l'écriture et se nourrit d'elle. Le désir enfle à mesure que les pages prennent corps. Il conjugue le livre comme il conjugue sa propre existence, maintenue depuis plusieurs semaines dans ce temps immobile et itératif qui l'isole du monde, où chaque jour se répète, ressemble aux autres, afin que rien ne risque de briser cet état de grâce.

Il écrit sous l'emprise d'une femme qui a forcé l'espace clos de sa mémoire. Il sent vibrer, en deçà des mots, l'influx silencieux qui l'emporte vers elle. Il croyait qu'il était capable de maintenir l'histoire dans l'oubli. Il pensait pouvoir solliciter les souvenirs au compte-goutte, comme il eût consulté des archives, avec précaution, sans jamais descendre à la cave. Mais les images s'imposent, et avec elles des scènes entières, intactes. Il revoit, aussi nettement que si c'était hier, les draps froissés, les veines bleues qu'on devinait sous sa peau, à la naissance du cou, et ce regard qui le mettait à nu. Le souvenir surgit de l'écriture, se multiplie dans une succession de courts-circuits qui, dans le même mouvement, nourrissent et parasitent le sens, le rythme du récit se modifie au fil des pages, se brise, achoppe, progresse maintenant en chapitres courts, empressés, comme autant de sursauts qui le conduisent à la fois vers Sara et vers la fin du livre.

Un livre peut-il porter à ce point la trace d'une femme ? Peut-on écrire seulement pour ça, pour se rapprocher de quelqu'un ou – de manière plus juste – pour l'attacher à soi ?

Quand Élise et les garçons sont rentrés, ils l'ont trouvé assis à sa table, voûté, blême, faible sourire. Il s'est levé pour les embrasser. Ils avaient dîné sur la route. Paul et Louis ont enfilé leurs pyjamas et sont allés directement au lit.

Élise est entrée dans le bureau. Un nuage épais flotte dans l'air, le cendrier est plein. Elle prend une chaise et s'assoit en face de lui.

— Il faut que je te dise quelque chose. La semaine dernière, je suis venue ici. J'ai lu les feuilles qui traînaient sur la table. Je te demande pardon.

Matthieu se redresse sur son siège.

— Tu as trouvé ça comment ?

— Je ne sais pas. Je suis trop proche de toi. Quand je lis ce que tu écris, je ne peux pas m'empêcher de chercher ce qui t'appartient, ce que tu y mets de toi, de nous.

— Tu te trompes, Élise, je te l'ai déjà dit. C'est beaucoup plus complexe que ça. Et l'écriture ?

— Je ne sais pas.

Elle baisse les yeux. Il insiste.

— Mais enfin Élise, tu lis des dizaines de livres, tu es bien capable de dire si oui ou non tu trouves ça bien écrit.

— Non. Quand je lis *Parfois la peau frémit, palpite, implore, parfois la peau appelle une main, n'importe quelle autre, une main inconnue, étrangère, ou bien est-ce la cicatrice étale, invisible, d'une caresse perdue*, je ne peux pas te dire si je trouve ça bien écrit.

Sa voix s'est cassée. Elle se lève et sort de la pièce. Il la suit dans le salon. Il voudrait s'approcher d'elle, enserrer ses épaules, lui embrasser la nuque. Il voudrait caresser cette peau blanche, si fine, si vulnérable, à portée des lèvres quand elle attache ainsi ses cheveux. Il ne peut pas. Il reste debout, à côté d'elle, incapable de parler ou de s'approcher davantage. Quand elle rompt le silence il s'étonne, tant elle parle bas, d'entendre distinctement chaque mot qu'elle prononce.

— Si tu dois vivre autre chose pour qu'on continue, si tu as besoin de ça, une autre main sur ta peau, alors vas-y. Je ne suis pas sûre que j'attendrai, mais je suis sûre que je ne te retiendrai pas. Je suis trop orgueilleuse pour ça et je sais depuis longtemps où est mon centre de gravité.

Élise sort du salon. Elle range la vaisselle qu'il a laissée traîner, ferme le store de leur chambre, se dirige vers la salle de bains. Elle n'attend pas de réponse. Il entend le bruit de l'eau, le frottement de la brosse à dents, le séchoir à cheveux. Puis il n'entend plus rien. Alors il s'enferme dans son bureau et se remet au travail.

Les jours se ressemblent et se fondent dans une même coulée, il n'en fait pas le compte, les jours se répandent à ses pieds sans pourtant s'additionner. Jamais Matthieu n'a-t-il été aussi prévisible dans ses comportements, régulier dans ses horaires, enchaînant chaque soir avec une précision maniaque une série de rituels qui le conduisent toujours au même point, à la même heure, assis à sa table, porte fermée.

Élise n'a plus de corps. C'est venu d'un coup. Il la regarde, quand elle se lève, quand elle s'habille, quand elle se penche pour embrasser les garçons, quand elle met la table, quand elle lit, assise sur le canapé. Il la regarde quand elle se tient debout, devant la gazinière, quand elle marche devant lui, quand elle dort, quand elle passe sa main dans ses cheveux. Il la regarde quand elle parle au téléphone, quand elle bâille, quand elle rit et quand elle se tait. Il regarde ses mains, sa peau, ses cils, il cherche en lui ce trouble qui le ramenait vers elle, il n'y a pas si longtemps, quand il glissait sa main sous son pull, quand il l'attirait contre lui. Élise n'a plus de corps. Ou plutôt : Élise a un corps qu'il ne désire plus. Elle sort le soir, quand les enfants sont couchés, elle se maquille, se coiffe, vient le prévenir qu'elle s'en va. Plus tard quand elle rentre, elle retrouve ce filet de lumière sous la porte de son bureau, elle frappe, elle vient lui dire bonsoir. Avant, elle lui racontait sa soirée, le film qu'elle avait vu, le restaurant où elle était allée, elle lui donnait des nouvelles de ses copines. Maintenant, elle ne dit rien. Elle l'embrasse et elle reste là, pendant quelques secondes, elle attend qu'il lui tende la main, qu'il l'attrape par la taille, qu'il pose ses lèvres sur sa peau. Il reste assis, il lève la tête vers elle, il dit bonsoir, il essaie de sourire.

Il voudrait lui dire combien il souffre de ne plus pouvoir la prendre dans ses bras, de ne plus pouvoir caresser ses cuisses à travers son collant, combien il souffre d'être là – *à côté* d'elle – et de ne plus pouvoir ouvrir la bouche quand elle l'embrasse.

Elle ferme la porte derrière elle. Il se remet à écrire. Sous ses doigts, les phrases sont courtes, il les aimerait plus alanguies, plus déliées, il aimerait les étirer, les arrondir, il cherche un mouvement plus lent qui attendrirait la fibre du papier, qui rendrait aux mots leur épaisseur. Il pose ses mains à plat, pour sentir vibrer le texte, pour sentir sous sa paume le relief de l'encre, la douceur de la feuille.

J'ai laissé fermée la porte qui ouvre sur la douleur, j'ai maintenu à distance le trou noir qui eût consumé mon corps tout entier. Pendant quelques semaines, je t'ai attendu. J'ai imaginé ton retour. Et puis, sans m'en rendre compte, j'ai oublié les jours, les heures, les habitudes. Repris le cours de ma vie. Je n'avais plus de repères. Il n'y avait pas de raison que tu viennes un mardi plutôt qu'un jeudi, que tu frappes à ma porte ou que tu m'attendes à la sortie des cours, que tu m'appelles un soir plutôt qu'un matin, puisque tu ne venais plus. Petit à petit, l'attente est passée au second plan, m'a laissé du répit. J'ai recommencé à aller au cinéma, à lire des livres, à téléphoner. J'ai accepté des soirées, des dîners, pris part aux conversations. J'ai rencontré des gens.

J'aurais sans doute fini par admettre que tu ne reviendrais pas. J'aurais sans doute fini par m'habituer à cette idée. J'aurais gardé de cette rencontre un souvenir précieux mais indolent. J'avais vingt ans, cette énergie. Il me fallait juste un peu de temps.

Mais quelques mois plus tard, une nuit, tu es venu. Tu as frappé trois coups brefs à ma porte et j'ai su que c'était toi. Tu t'es assis sur le lit, j'ai regardé tes mains qui tremblaient, je ne pouvais pas te toucher. Et puis soudain ce long sanglot est sorti de toi, ce sanglot qui me hante encore, inhumain. Je croyais que les hommes pleuraient en silence. Je t'ai attiré contre moi, ton visage dans mes mains, je sentais ton corps secoué par la douleur, une douleur brute, brutale, qu'aucune caresse ne pourrait apaiser. Je n'ai jamais eu aussi mal qu'à ce moment-là, tes larmes sur mon ventre, acides, tes larmes à l'intérieur de moi, indissolubles. Un homme pleurait dans mes bras une souffrance privée de mots. Un homme qui ne m'aimait pas, ou pas assez, puisqu'il était parti ailleurs, puisque chaque soir il enlaçait une autre femme, sa femme.

Nous avons dormi l'un contre l'autre. Le jour pointait quand je t'ai senti partir. Je ne voulais pas ouvrir les yeux. Je ne voulais pas te voir. Tu t'es penché vers moi et tu m'as dit :

— Je ne suis pas sûr d'avoir la force.

Ces mots m'ont condamnée à l'errance. Ces mots m'ont condamnée à t'attendre. Sans eux, sans cette nuit-là, je crois que j'aurais pu sortir de ça.

Je regarde mon corps dans la glace. Les seins sont

lourds et la peau est lisse. Je caresse les cicatrices sur mes poignets. Elles parlent d'une autre histoire. De toi pas de trace. Rien de visible, rien d'apparent. Ni sur moi, ni chez moi. Pas de lettre, pas de photo de nous, pas de vêtement, pas de livre oublié ou offert, pas de mot griffonné au petit matin. Il m'arrive de chercher, dix ans après, quelque chose que tu aurais laissé, par inadvertance, une empreinte qui témoignerait de ta présence.

Aujourd'hui je me demande si cela a un sens. Si cela est recevable. Attendre, pendant des années, un homme qui ne reviendra pas. Garder, des années plus tard, l'image trop précise de ses yeux. Si cela est acceptable. Je cherche dans les mots qui sont restés, dans le souvenir de ta peau, une vérité qui n'existe pas.

J'ai travaillé au guichet de la gare Montparnasse, j'ai été caissière au Monoprix, puis chef de rayon à mi-temps, j'ai testé des médicaments pour des laboratoires pharmaceutiques, repassé des dentelles et des frous-frous, emballé des sandwichs SNCF, j'ai vendu des glaces sur la plage, distribué des prospectus en patins à roulettes, gardé des enfants, j'ai servi des cocktails dans un bar à la mode. Autant que je m'en souvienne, j'ai toujours fini par fuir. Au bout d'un mois, de six, parfois davantage. J'ai longtemps été démonstratrice dans les hypermarchés. J'aimais bien le titre, « démonstratrice », inscrit en haut de ma feuille de paye, je me sentais investie d'une mission, comme s'il s'agissait de prouver par la puissance du raisonnement les lois de la pesanteur ou de l'attraction des corps. En tête de gondole, debout, une charlotte blanche enfoncée sur la tête, les hanches serrées dans un petit tablier en vichy rose et blanc, je démontrais que le fromage à pâte molle dont j'étais la pâle figure emblématique était le plus tendre et le plus doux. Et comme rien ne vaut l'exemple, je proposais à la dégustation, d'une voix suave et pleine de promesses, des petits morceaux coupés en losange, piqués au bout d'un cure-dent. Chaque fin de semaine, je prenais le train pour une banlieue lointaine, jamais la même, mon costume ridicule bouchonné au fond de mon sac, j'installais mon stand avant l'ouverture du magasin, une petite planche posée sur des tréteaux, sur laquelle j'étendais la nappe assortie à mon tablier, arborant le nom de la marque en lettres d'or. Je crois que démonstratrice est le travail dans lequel je suis restée le plus longtemps. J'aimais le RER fendant l'aube vers les banlieues nord, le café trop sucré pris au distributeur, juste avant l'ouverture des portes, la pause du midi dans des cafétérias bruyantes, leurs lampadaires en plastique orange, j'aimais le regard des hommes dans l'entrebâillement de mon chemisier de dentelle, la fatigue du soir dans le train du retour, les jambes lourdes d'être restée debout pendant huit heures, les yeux gris de ne pas avoir vu la lumière du jour. Contrairement aux idée reçues, il y a beaucoup d'hommes seuls dans les hypermarchés. Ils poussent un caddie ou tiennent au bras un petit panier, ils sont là pour faire des courses ou pour tuer le temps, la musique est douce et la vie s'offre à eux, pour une heure ou deux, comme une vaste promotion.

J'ai fait des enquêtes par téléphone, vendu des espaces publicitaires, joué la maman ours dans un spectacle pour enfants, vendu des baguettes artisanales sur les marchés, testé des recettes de cuisine, doublé des films érotiques. J'ai laissé filer les jours.

Un soir, dans un bar, j'ai rencontré un homme qui travaillait sur les autoroutes. Il m'a proposé un poste à mi-temps au premier péage de l'A6. Je me suis installée chez lui, dans un appartement neuf de la banlieue sud. Quand il rentrait, il émanait de sa peau, de ses vêtements, une odeur âcre et tenace où se mêlaient la sueur et les gaz d'échappement. Il supervisait. Il travaillait tard le soir et moi je pensais à ça, ma vie dans des boîtes. Une grosse boîte pour dormir, une petite boîte pour travailler. Dans ma cabine, je passais mes journées à regarder des gens partir et revenir, ils me tendaient des tickets et de l'argent, j'ouvrais la barrière. Je t'attendais. Je me disais qu'un jour tu passerais par là, sur l'Autoroute du Soleil, ta femme alanguie sur le siège passager, tes enfants endormis à l'arrière, leurs cheveux fins collés sur leurs tempes, tes mains posées sur le volant, et ce ciel immense, ce ciel d'été, étalé sur tes Ray-Ban. Je t'attendais et c'est lui qui rentrait tous les soirs, avec son costume froissé et sa joie incrédule de me trouver là, dans cet appartement surchauffé, pieds nus sur la moquette.

Un matin je suis partie. J'ai laissé la voiture à la gare, une lettre sur le tableau de bord. Dans le train un homme m'a observée pendant tout le trajet. Dans ses mains un livre ouvert qu'il ne lisait pas. J'avais jeté quelques affaires dans un sac en plastique, je n'étais pas coiffée, j'étais partie comme ça, en jean et en tee-shirt, et j'avais froid. Quand nous sommes arrivés à Paris, il m'a tendu sa carte. Ma vie sans doute devait se résumer à ça : être dans le regard des hommes. Disposer de leur numéro de téléphone. Croire un instant, un bout de papier entre les mains, que j'avais le choix. J'ai attendu une heure ou deux et j'ai appelé. Je n'avais nulle part où aller. Je suis restée chez lui quelques semaines, le temps de trouver un travail, un endroit pour dormir, de reconstruire le décor. Il avait vécu avec une femme, pendant plusieurs années, ils avaient acheté des casseroles, des assiettes, des robots ménagers, décollé le vieux papier pour repeindre les murs, déposé sur le sol des tapis d'Orient. Et puis elle l'avait quitté. Il avait choisi de vivre dans le souvenir d'elle, de ne rien accepter qui pût l'en distraire ou l'en détourner. Dans l'appartement il n'avait touché à rien, ni aux lampes, ni aux tissus, ni aux coussins, n'avait rien jeté. Nous étions tous deux habités d'une autre histoire. Il m'avait recueillie comme une petite sœur d'abandon, silencieuse, il passait sa main dans mes cheveux, caressait mon visage, mais il

124

jouissait seul. De l'autre côté de la porte. J'ai fini par trouver une chambre pas très loin de chez lui. Nous avons continué à nous voir. Il me parlait d'elle, des premières années de leur amour, cette plénitude, et son rire qui emportait tout. Jamais la vie ne lui avait paru si facile. Pour moi le souvenir n'excluait pas la rencontre d'autres corps. Pour lui, si. Un soir nous sommes sortis d'un restaurant où nous avions beaucoup bu. Il a voulu me raccompagner jusqu'à chez moi. Il faisait chaud, il faisait nuit, il y avait longtemps qu'un homme ne m'avait prise dans ses bras. J'ai dit embrasse-moi. Nous avons fait l'amour debout, dans une petite rue, à une heure du matin. Je ne l'ai jamais revu.

J'ai cherché d'autres hommes. Je les ai suivis, j'ai mis ma main dans la leur, simplement pour le contact de leur peau. Peu de mots, jamais de confidences. Certains sont restés quelques jours ou quelques nuits. Je n'avais rien à leur dire. Dire, c'eût été demander. Je n'avais rien à demander. Ou bien j'avais tant à demander que tous les mots du dictionnaire n'y auraient pas suffi. À toi non plus je n'ai jamais dit reste, reviens, ne pars pas. Nous étions dans un espace clos, sans perspective, un point de chute coupé du monde et régi par la mécanique du vide.

Sans conjugaison le corps prend le dessus, occupe toute la place.

Je cherche dans les bars la trace de quelque chose, j'ai longtemps cru que c'était toi. Je sais maintenant que je me suis trompée. Parfois, au fond d'une salle, dans le brouhaha des voix, des images aux couleurs jaunes reviennent à la surface, presque accessibles. Parfois une phrase entendue au détour d'une conversation résonne d'un écho familier. Je veille le soir, au fond des salles, j'y retourne le matin, à peine levée déjà accoudée au comptoir. Lorsque les odeurs de café et de cigarette se mêlent, aigres et sucrées, j'écoute en fermant les yeux le bruit des soucoupes jetées sur le zinc, de la monnaie qu'on étale, des éclats de voix, ce bruit si familier venu de l'enfance. Parfois, je me laisse projeter vingt ans en arrière, j'ai dix ans, et mon univers est là, sur la place du marché, au croisement des vies.

On vivait dans un petit appartement, juste au-dessus du café. Je descendais le matin, pour le petit déjeuner, j'y revenais après l'école pour faire mes devoirs. Je traînais jusqu'à la fermeture, je jouais entre les tables, me perchais sur un tabouret, je dessinais sur les napperons en papier, décollais les étiquettes des bouteilles vides. Je regardais mon père derrière son comptoir, la dextérité de ses gestes, il était le maître des lieux, aussi fier en son fief qu'un pilote de ligne à bord du Concorde, il attrapait les verres, vidait le percolateur, ouvrait le tiroir-caisse, rendait la monnaie, appuyait sur des boutons, prodiguait des ordres, des montants, saluait, remerciait, avançait les ballons, les express, les allongés, commentait le match de la veille, le torchon sur l'épaule. Ma mère s'occupait de la salle, servait des assiettes fumantes et des tartes maison, demandait des nouvelles des uns, s'inquiétait de la santé des autres, réconfortait, encourageait, compatissait, jamais ne s'asseyait.

Je me suis souvent demandé d'où venait cette fêlure, cette faille intime, ce qui me rendait si perméable. C'est peut-être d'avoir été là, avec cette conscience d'un bonheur provisoire, d'avoir grandi au milieu de ces vies brisées, agrippées au comptoir, d'avoir observé ces visages rongés par l'attente, cette solitude muette au fond des verres. D'avoir écouté les autres, ceux qui n'allaient pas si mal, commenter jour après jour la misère du monde pour conjurer le malheur ou combler leur ennui. De m'être endormie chaque soir avec ces mots comme une ritournelle, le fils de Mme Dubois est mort cette nuit dans un accident de voiture, il sortait de boîte de nuit,

la petite Montier s'est fait violer, faut voir à quelle heure elle rentre, et comme elle s'habille, la jupe au ras des fesses,

et quand il a été licencié sa femme est partie avec le peintre, plus jeune qu'elle, oui, il est devenu fou,

Sara va jouer ailleurs, ne reste pas dans les jambes,

c'est comme la gardienne du 4, elle a retrouvé son fils au fond de la mare, avec une balle dans la tête,

et les gosses n'ont même pas un manteau pour l'hiver,

mais les médecins leur ont dit, en phase terminale,
c'est l'affaire de quelques jours
    et le vieux il ne va pas les laisser faire, le magot il l'a
bien caché,
    elle était enceinte de huit mois l'enfant était mort-né,
    Sara ne laisse pas traîner ton album Barbie.

C'était donc ça, être adulte, cet abandon. Perdre son
mari, son enfant, son travail, rentrer seul chez soi, boire
du vin pour avoir quelqu'un à qui parler. Peu à peu
quelque chose a changé, dans mon regard, leur voix ne
m'atteignait plus, peu à peu je me suis éloignée, j'ai laissé
s'installer entre eux et moi cette distance qui chaque jour
m'isolait davantage. J'ai ouvert mes veines un soir d'été,
j'avais quinze ans, je ne voulais pas grandir.

Je t'embrasse

Élise est descendue au marché vers onze heures. Avant de remonter, elle s'est arrêtée pour prendre le courrier. Elle a posé l'enveloppe sur la table de la cuisine, Matthieu écrivait depuis le début de la matinée, elle l'avait à peine croisé. Elle a proposé aux garçons de sortir aux jardins de Belleville. Il faisait beau. Elle avait besoin de sortir. Tout de suite. Elle avait besoin d'extérieur. De se mettre pieds nus dans l'herbe, de relever sa jupe pour sentir le soleil sur ses cuisses, de fermer les yeux. Elle a frappé trois petits coups à la porte du bureau, elle n'est pas entrée, elle a dit on part faire un pique-nique. Il s'est levé. Quand même. Il a ouvert pour les embrasser, il a déposé sur ses lèvres l'un de ces baisers secs et sonores qu'elle ne peut plus supporter.

Quand il a trouvé la lettre il était midi. Elle était plus lourde. Elle était plus épaisse. Il est allé chercher les autres dans le tiroir, il les a étalées devant lui, les trois premières côte à côte, la dernière plus près de lui. Il s'est penché sur les quatre enveloppes pour en comparer l'écriture, mot à mot, sous ses doigts le papier lisse, l'encre bleue, le tracé rond de la plume. Le désir est revenu d'un seul coup, autour des reins, et puis au creux des mains, l'urgence d'une autre peau. Il est entré dans la salle de bains, il a regardé longuement son visage dans le miroir. Il est resté debout pour caresser son sexe, il a attendu de jouir pour fermer les yeux.

Il s'est lavé, rasé, habillé. Il a fait cuire des œufs et du bacon, il s'est installé sur la table de la cuisine. Il avait faim. Il était seul. La lettre était restée là, glissée sous un cendrier. Il avait envie de faire durer l'attente. D'imaginer. Il a pensé, pendant quelques minutes, qu'il ne l'ouvrirait pas. Pas tout de suite. Qu'il la garderait pour plus tard, comme une récompense. Sara avait écrit pour la quatrième fois. Le reste n'avait pas d'importance. Il devait terminer le livre. Après, il verrait. Il lui suffisait de savoir que la lettre était là, que Sara continuait d'écrire, qu'elle l'attendait. Cela suffisait pour s'asseoir de nouveau, faire glisser devant lui les feuilles blanches, franchir le silence.

Et puis il a eu peur. Que la lettre se donne à lire comme la dernière. Qu'elle contienne un ultime rendez-vous. Il a déchiré l'enveloppe, il a parcouru les feuillets une première fois et puis une deuxième, plus lentement. Quand il a replié la lettre, il s'est redressé, pendant plusieurs minutes il a cherché en vain, entre la gorge et l'estomac, le point d'impact. Et puis il a compris. La lettre était en lui, comme un corps étranger avalé par mégarde. La déflagration n'avait pas encore eu lieu.

Ils sont rentrés, ils avaient les cheveux emmêlés, ils étaient pleins de l'air du dehors, de l'odeur du printemps. Matthieu était allongé sur le lit. Les volets étaient fermés. Dans la pénombre Élise s'est approchée de lui, elle a posé sa main sur son front.

Au début, elle a trouvé ça bien, qu'il s'arrête un peu, qu'il se donne le temps. Il avait l'air tellement fatigué. Elle a été soulagée, même, qu'il n'entre plus dans le bureau, qu'il reste assis, près d'elle, sur le canapé. Les premiers jours, elle a trouvé ça bien. Même s'il ne faisait rien. Même s'il ne disait rien. À part lui demander, plusieurs fois par jour, d'où venait cette odeur de pourri. Elle a regardé derrière les meubles, tiré le réfrigérateur, la gazinière, le buffet de l'entrée, elle s'est mise à genoux pour regarder sous les lits, elle n'a rien trouvé. Il n'écrivait plus. Il était avec elle. Après toutes ces semaines, enfermé dans son bureau, et toutes ces cigarettes, et le manque de sommeil, et son travail à l'agence, c'était normal. Qu'il s'écroule. Qu'il ait besoin de récupérer. Elle était là. Près de lui. Rassurante. Il devait respecter cette période de latence, laisser le livre mûrir, il n'y avait pas de quoi s'affoler. Des doutes, il en avait eu d'autres.

Et puis en quelques jours, elle l'a vu basculer. S'éteindre. Assis sur une chaise, allongé sur le canapé, à table même, fermer les yeux. S'extraire. Elle l'a vu, un soir, le visage dans les mains, et Paul qui l'appelait, de plus en plus fort, et lui, recroquevillé comme un vieillard, aveugle et sourd, pas un geste, pas un sursaut. Et maintenant, il dort. Il se couche en même temps que les garçons, sans ouvrir un livre, sans dire un mot, en position fœtale, les poings serrés, c'est ainsi qu'elle le retrouve quelques heures plus tard, quand elle le rejoint dans le lit, dormant d'un sommeil profond, tout au moins en apparence, car lorsqu'elle s'allonge près de lui, sa respiration s'arrête, reprend, sonore et saccadée, parfois il se met à gémir et elle voudrait prendre son visage dans ses mains, crier, pour le sortir de ça. Matthieu lui échappe, elle le sent, il lui échappe et elle ne peut pas lutter. Chaque matin elle prépare le café, le secoue pour le réveiller. Quand ils descendent au bas de l'immeuble, elle le regarde s'éloigner, il traîne les pieds, il s'arrête au carrefour, il reste là, comme un colis déposé sur le trottoir, absent, il lui faut plusieurs secondes pour comprendre que le feu est rouge. Depuis quelques jours, c'est elle qui accompagne Louis. Il n'a pas demandé pourquoi. Il est parti de son côté, comme s'il en avait toujours été ainsi. Il ne pose pas de questions, il se rend là où il est attendu, il fait ce qu'on attend de lui, il suit le mouvement. Le soir quand il rentre, il pose ses affaires dans l'entrée, il la rejoint dans la cuisine, il tire une chaise, il s'assied. Le samedi et le dimanche, il dort. Il se lève à midi, déjeune avec eux, erre dans l'appartement. Après une ou deux heures de figuration, il se recouche, enchaîne sur une sieste que rien – ni les jeux bruyants des garçons, ni le marteau du voisin du dessous – ne peut troubler.

Dans la chambre la puanteur est moins forte. Dans la chambre les rideaux sont fermés, la moquette est épaisse, les murs exhalent une odeur de peinture récente. Il est à l'abri. Il se glisse dans le lit, tire la couette sur son visage, se replie en boule. Il s'enfonce dans le sommeil, au plus profond, là où les rêves ne peuvent plus prendre corps. Ni les rêves, ni les souvenirs. Car maintenant il est nu. Offert au doute, au tourment, aux résurgences.

Et le sang continue de battre, charrie dans ses veines les images, les sons, comme autant de déchets nauséabonds flottant à la surface d'une eau stagnante.

Ce matin quand il s'est levé il a trouvé le mot sur la table de la cuisine : nous sommes partis passer la journée chez Laure. Il était onze heures. Il s'est recouché.

Il se demande comment une journée entière peut s'effiler comme ça, sans qu'on s'en aperçoive, dans la moiteur des draps. Les heures se sont dépliées au-dessus de lui, l'ont à peine effleuré, il se souvient d'une somnolence assez douce, il n'est pas sûr de s'être levé pour manger.

Si. Maintenant qu'il y pense, il se rappelle être sorti du lit vers treize heures et avoir ressenti une violente sensation de faim. Il a vidé le contenu d'une boîte dans une casserole, il faisait chaud et l'idée lui a plu aussitôt : manger du cassoulet en boîte, par vingt-huit degrés, au mois de juin.

C'est un soir comme des dizaines d'autres. Un

dimanche soir. Il s'est enfoncé dans le canapé, il porte un pyjama à rayures qui date de plusieurs années, il regarde la télévision.

Élise n'est pas rentrée.

Elle n'a pas appelé.

Il laisse les cigarettes se consumer dans le cendrier. Une fumée blanche s'enroule autour de lui, évince pour un moment l'odeur putride qui flotte dans l'appartement.

Élise a dit que c'était lui. Que l'odeur était à l'intérieur de lui. Que ça pouvait arriver, inventer une odeur, être poursuivi par elle, une odeur de brûlé, par exemple, que c'était dans sa tête à lui. Aux yeux d'Élise cela constituait une raison supplémentaire, si besoin en était, pour qu'il aille voir un médecin. Parce que dormir comme ça, tout le temps, ce n'était pas normal non plus. Douze heures par nuit, et presque toute la journée, quand il n'allait pas à l'agence, et cette mine de papier mâché, ces cernes noirs malgré tout ce sommeil, comme si rien ne pouvait y faire.

Élise s'inquiète. Il voit bien qu'elle ne le regarde plus comme avant, qu'elle l'observe, l'examine, qu'elle guette les signes de son déséquilibre, comme autant d'arguments objectifs dont elle tient l'inventaire, pour le convaincre d'*aller voir quelqu'un.* Elle regarde ses mains qui tremblent quand il se lève, sa barbe de deux ou trois jours, son visage éteint. Elle ne le touche plus.

Sur le canapé, elle s'assoit loin de lui. Elle ne passe plus ses doigts dans ses cheveux, comme avant, elle ne pose plus sa jambe sur les siennes lorsque ensemble ils regardent la télévision. Elle ferme le verrou de la salle de bains quand elle prend sa douche. Elle ne lui propose plus de sortir, d'aller au cinéma, de passer une soirée à deux, sans les garçons.

Dans la rue, elle marche devant.

Élise a téléphoné. Elle n'a pas eu la force de rentrer. C'est ce qu'elle a dit. Elle a appelé hier soir pour le prévenir, mais il n'a pas répondu. Et ce matin, quand elle s'est réveillée, elle a compris qu'elle ne pouvait plus. Plus du tout.

Elle va venir chercher des affaires, cet après-midi, elle va s'installer chez Laure pendant quelque temps, avec Paul et Louis, ils iront à l'école et au collège en métro, ce n'est pas très loin. Elle a dit que c'était mieux comme ça. Elle a dit qu'elle ne pouvait plus le voir dans cet état là, habité, absent, irritable. Elle a dit qu'il pourrait voir les enfants, le week-end, quand il irait mieux.

Elle va passer. Tout à l'heure. Et lui, qu'est-ce qu'il peut faire. Ses mains tremblent. La sueur coule le long de son dos. Il va rester seul. Avec cette odeur de viande avariée. Cette odeur de chair morte en décomposition. Élise va venir. Tout à l'heure. Il va lui demander pardon. Il va lui dire que quelque chose s'est ouvert, à même la peau, comme une entaille. Il va lui dire qu'elle doit lui laisser du temps, juste un peu de temps, que tout va s'arranger. Il doit aller au bout. Il doit finir le livre, c'est l'affaire de quelques jours. Après, il ira mieux. Tout redeviendra comme avant. Ils partiront en vacances, tous ensemble, ils retourneront en Bretagne, si cela lui fait plaisir, il fera beau, les garçons retrouveront leurs amis, et lui il s'allongera dans l'eau, il sentira le goémon caresser son dos, se laissera bercer par les vagues, il sentira peu à peu le relâchement de ses membres, la fatigue quittera son corps, le sel piquera sa peau, il boira l'eau, l'eau de la mer, à pleine bouche, il boira l'eau pour rendre à la vie sa chair empoisonnée.

Il s'est endormi. La tête entre les bras, sur la table. Il ne rêve pas. Il écoute, au loin, un cri porté par le vent. Il sent une main sur son dos. Ferme. Pas une caresse. Élise se tient debout, un gros sac de toile posé à ses pieds. Elle a eu le temps de préparer les affaires. Il ne l'a pas entendue. Elle a eu le temps de remplir un gros sac avec ses vêtements, ses parfums, son maquillage, les pantalons et les tee-shirts des garçons. Elle s'est assise près de lui, elle a posé sa main sur son bras, il regarde l'heure. Dans la pénombre, les yeux d'Élise brillent. Mais lui, ses yeux sont secs, rougis par la fumée, la fatigue, il peut se voir comme s'il se tenait à l'extérieur de lui-même, son crâne nu, son corps usé. Élise retire sa main. Elle reste là, longtemps, assise en face de lui. Elle attend. Il voudrait lui dire ne me laisse pas. Il voudrait lui dire donne-moi un peu de temps. Si tu t'en vas, je suis perdu. Il voudrait lui dire combien il a peur. Il voudrait tendre la main vers elle, passer son doigt sur ses lèvres, sentir son souffle. Mais il reste là, sans bouger, il laisse la nuit envahir la pièce, et puis Élise se lève, ils n'ont rien dit, ni l'un ni l'autre, pas un mot, elle est debout, devant lui, prête à partir, comment peut-on se quitter comme ça, sans cris, sans larmes, comment peut-on se quitter dans le silence, sans même se dire au revoir, sans même se blottir l'un contre l'autre, une dernière fois, sans même allumer la lumière ?

Elle s'est éloignée, elle a complété le sac avec quelques affaires, il est resté là, prostré. Il a entendu le bruit de la porte, sec, métallique, tout son corps tremblait.

Il voit bien comme on le regarde, cet air compatissant qu'on arbore, en face de lui, et ces coups d'œil obliques, quand il est assis. Ils ont vu sa mine blafarde et ses chemises froissées. Ils sont venus, les uns après les autres, lui proposer de déjeuner, un de ces jours, pour parler un peu. Ils l'ont invité à boire un verre en sortant de l'agence ou à dîner chez eux. Ils lui sourient, lui tapotent l'épaule, serrent sa main plus fort que d'habitude, ils ramassent sur son bureau les gobelets sales qu'il ne jette pas. Ils chuchotent dans son dos, comme s'ils guettaient quelque chose, qu'il se roule par terre ou se mette à pousser des cris.

Mais derrière son ordinateur il se tait.

On dit que sa femme est partie avec les enfants. On dit que c'est le livre, que ça lui est monté à la tête, le succès, les articles, la télévision, et que maintenant il ne pense plus qu'à ça, écrire, que le reste ne compte plus. On dit que c'est bien la preuve que l'argent n'y fait rien, la gloire non plus. Il s'est fait couper les cheveux à ras, il a maigri, il ne rentre plus ses chemises dans son pantalon, il griffonne des mots illisibles sur des bouts de papier, ne prend plus part aux conversations. Sans parler de ces lunettes qu'il s'est mis à porter, du jour au lendemain, et son regard aussi, qui a changé, plus aigu, mais derrière il n'y a rien.

Il vient tous les jours, il arrive à l'heure, il dit bonjour quand il entre, au revoir quand il s'en va, merci quand on lui apporte un café, jamais plus. Il ne bouge pas de sa chaise, c'est tout juste s'il se lève pour aller aux toilettes, une ou deux fois par jour, il faut le voir rester comme ça, assis, sans bouger, des heures entières, on dirait que son corps se tasse, se dessèche, à mesure que le temps passe, qu'il diminue. Parfois il lève la tête, il se redresse, comme s'il venait d'entendre quelque chose, parfois il regarde au loin par la fenêtre, il sourit. Il faut l'interpeller plusieurs fois pour qu'il entende. Il ne sort jamais pour déjeuner. Tous les soirs il part à dix-neuf heures, les mains dans les poches.

Parfois ça fait peur. On se dit que ça ne peut pas durer comme ça, qu'il y a forcément un moment où ça lâche, où ça explose, qu'on ne peut pas se laisser glisser ainsi, s'abandonner soi-même, qu'il y a forcément quelque chose au bout, ou au fond, un mur ou une étendue d'eau.

À l'heure du déjeuner, l'agence est vide. Matthieu fait le tour des bureaux pour vérifier qu'il est seul. Par la vitre il regarde les femmes qui flânent et s'attardent devant les vitrines. Puis il déambule de nouveau à travers les pièces, les yeux fermés, guidé par les odeurs – le parfum d'Annabelle, l'après-rasage de Pierre, la bombe désodorisante des toilettes –, et toujours derrière lui, comme une ombre fétide, cette odeur de chair morte. Depuis qu'Élise est partie, il ne dort plus. Il reste allongé, les yeux ouverts. Depuis qu'Élise est partie, il a recommencé à écrire. Son regard est attiré par une rangée d'annuaires posée à même le sol. Il s'approche. Comment n'y a-t-il pas pensé plus tôt ? Il ouvre le premier volume et trouve rapidement l'adresse de Sara.

Le soir même, il quitte l'agence le premier, prétextant un rendez-vous chez le dentiste. Il marche vite. Il entre dans la rue qui longe le square, il respire fort. Il opte pour le trottoir de gauche, dépasse le panneau de sens interdit, le kiosque à journaux, le passage piétons, trouve le numéro quarante-huit. Il traverse, s'approche de l'immeuble, s'arrête devant la porte. Elle habite ici. Il traverse de nouveau, lève les yeux pour observer les fenêtres, leurs rideaux de voile ou de tissu, et la couleur des murs quand il peut la voir. Il cherche en vain un signe particulier qui lui permette de reconnaître l'appartement de Sara. Ensuite, il traîne un moment dans le quartier, imagine ses itinéraires, tente de cerner son périmètre de déplacement, procède en lignes de fuite – de son immeuble à la boulangerie, de son immeuble à la pharmacie, de son immeuble à la station du métro – revient toujours au même point. À quelques dizaines de mètres de chez elle, il entre dans un magasin, déambule dans les allées, attrape quelques articles, s'arrête devant le rayon boucherie. Il imagine Sara, un panier rouge dans la main, quelques heures ou quelques jours plus tôt, à l'endroit même où il est, elle porte une jupe courte rayée et un tee-shirt moulant, elle se penche pour attraper des barquettes de viande, ses jambes sont longues et bronzées. Il se sent tellement bien qu'il pourrait rester là, une heure ou deux, il laisserait le froid entrer en lui, engourdir ses membres, ses mains d'abord, et puis ses bras, et enfin son corps tout entier, anesthésié. Il attendrait. Il se reposerait. Ici au moins la chair n'a pas d'odeur. Ici la chair est indemne. Enveloppée sous cellophane. Une voix profonde promet des sensations fortes au rayon crémerie. Il sort du supermarché. Il marche sur les pas de Sara, il connaît maintenant les chemins qu'elle emprunte, les endroits où elle s'arrête, la porte qu'elle pousse tous les soirs. Il remonte sa rue pour la troisième fois, dépasse le numéro quarante-huit, reprend son chemin habituel.

Deux fois par jour, matin et soir, il fait le détour par chez elle, pénètre sur son territoire. Il a besoin de s'approcher, au plus près, d'entretenir le désir, de nourrir l'impatience. Sara est partout. Parfois il croit voir une silhouette qui lui ressemble, entendre sa voix, parfois il lui semble reconnaître, dans une boutique ou une rue étroite, la trace de son parfum. Dans ce péri-mètre à risque qu'il a délimité, Matthieu presse le pas. Parfois il s'arrête, convaincu qu'elle est là, au détour de cette rue, dans ce café sombre, qu'elle va sortir de ce magasin, qu'il ne peut pas lui échapper. Il jette des coups d'œil derrière lui, s'approche des cafés et des restaurants, regarde de loin les femmes aux talons hauts, leurs épaules nues, leurs cheveux noirs. Il ne cesse d'imaginer des rencontres fortuites, des coïncidences, comme si tout était déjà joué, comme si le hasard n'était que l'instrument d'une volonté souveraine à laquelle il ne pouvait plus se soustraire. Il invente des variantes, ajoute des détails, il y passe tout son temps libre, chaque minute vacante devenue si précieuse, sous la douche, dans l'ascenseur, décline à l'infini le scénario de leurs retrouvailles. Au fond d'un café, devant un magasin ou un distributeur de billets, au détour d'une rue ou en haut d'un escalier, il fait nuit, il pleut, le jour vient à peine de se lever, et dehors cet air léger du printemps. Elle est là.

Au moment où ils se retrouvent, la scène, quel qu'en soit le décor, connaît toujours un temps mort. Autour d'eux le silence se fait, ils se font face, ils se regardent, sans un mot. Parfois il glisse sa main sous sa jupe, remonte jusqu'en haut des cuisses, parfois il caresse ses lèvres, parfois il l'attire contre lui, il l'enserre, jusqu'à sentir, à travers l'étoffe, la chaleur de son pubis. Ils font l'amour par terre, dans l'escalier, dans un hôtel, entre les sièges, ils font l'amour tout de suite ; et sous ses doigts, brûlante comme au premier soir, la peau brune de Sara.

Dans la rue, dans le métro, équipé de ses lunettes qu'il ne quitte plus, Matthieu observe les femmes. Il s'approche d'elles, étudie les traces que le temps a laissées sur leur visage, sur leur peau. Il cherche à deviner leur âge. Concentrées sur le front et autour des yeux, les rides et les ridules autorisent d'emblée une première hypothèse. Les paupières, le cou, ainsi que l'ovale du visage, permettent ensuite d'affiner le verdict. Parfois il vérifie. Il n'est pas rare en effet, contre toutes les règles de la bienséance, qu'il leur pose la question. Il établit des constats, procède à des rapprochements, tire des conclusions. Il lui faut cerner au plus près cette question impalpable et multiple : à quoi reconnaît-on une femme de trente ans ?

Les yeux fermés, il essaye de deviner la femme que Sara est devenue.

Pour elle, il commence des lettres qu'il ne termine

pas. Il a besoin de nommer le manque, de l'approcher au plus près. Mais une fois qu'il a dit ça, sous une forme ou une autre, qui toujours commence par ces mots, Sara, chère Sara – et ce plaisir étrange, incantatoire, d'écrire ou de prononcer son prénom –, une fois qu'il a dit ça, l'encre sèche et rien ne s'impose.

Elle doit lui laisser le temps. D'aller au bout. Alors il saura. Il écrit un livre et peut-être se contentera-t-il de ça. Peut-être le livre suffira-t-il à épuiser le désir. Il n'aura plus besoin d'elle. Mais à mesure qu'il avance, qu'il s'approche de la fin, la brèche s'étend, gagne en profondeur.

Il va finir le roman.

Et puis il reprendra le cours de sa vie. Il oubliera les lettres inachevées et cette impossible prière : attends-moi.

Dans le miroir de la salle de bains, il regarde l'homme qu'il est devenu. Il cherche autour de lui le souvenir des heures joyeuses, la trace d'un équilibre perdu.

Il écrit la nuit. Il écrit quand le bruit se dissipe, autour de lui. Ses pieds se balancent sous sa chaise, frappent le sol quand il s'énerve, quand il ne trouve pas, sa main se pose sur sa bouche, comme un bâillon, c'est un geste étrange, qui revient souvent, quand il cherche. Il faudrait qu'il se lève pour regarder l'heure à la pendule de la cuisine ou sur le réveil de la chambre. Mais il ne peut pas bouger. Il ne peut pas se détacher de la page, pas encore, pas comme ça ; insatisfait.

Sous ses doigts, la phrase hésite, se dérobe, se recompose, la phrase s'ajuste, se construit peu à peu, à tâtons. La phrase prend corps, s'inscrit dans l'espace de la page, se donne à voir. Et puis la phrase se lit à voix haute. Plusieurs fois.

Parfois, quand rien ne heurte l'œil ni l'oreille, le corps s'apaise.

Il écrit la douceur de ses seins, son corps long sur les draps humides, le dessin de ses paupières, de ses sourcils, le nez court, les cheveux emmêlés. L'odeur sucrée de sa peau. Il écrit cette faim qui le ramenait sans cesse vers elle, sur elle, cette faim immense, jamais apaisée, jamais rassasiée. Il écrit cette faim qui le dévore aujourd'hui, lorsqu'il se penche sur la feuille, lorsqu'il pénètre en elle, lorsqu'il observe l'encre bleue se répandre dans la fibre du papier. Les temps se mêlent, se confondent, la durée lui échappe, le désir se conjugue au présent, inépuisable, aussi fort qu'au premier jour, comme s'il n'avait jamais cessé, comme s'il avait toujours été là – tapi au fond de lui – pendant toutes ces années.

Alors la langue brutale, aride, se fait plus lente, s'étire, se ramifie, juxtapose, alors la langue cède au lyrisme, à l'élégie. L'histoire s'est arrêtée. Le fil du récit s'est rompu. L'écriture s'inscrit en vain dans cette étendue vide, infranchissable, qui le sépare de Sara. Il croyait qu'il lui suffisait de mener le livre au bout. Que le livre pourrait le sauver. Mais les jours passent et il comprend que l'écriture ne peut rien. Le désir s'est refermé sur lui-même et enfle dans une longue spirale dont il ne parvient plus à s'extraire, épuisé par ces heures immobiles et courbées, incapable de mener le récit à son terme, Matthieu n'écrit rien d'autre que le souvenir d'une femme, dilué, distillé à l'infini.

Il avait oublié. Il avait oublié Sara comme les autres, comme le reste. Il avait fait taire les voix confuses de la mémoire et leurs vérités trompeuses. Il avait cru que cela suffirait pour maintenir l'équilibre : faire silence. Mais c'était compter sans le corps. Le corps n'oublie pas. Maintenant il se souvient. Il se souvient de tout. Il se demande comment cela est possible, par quel effort ou quel abandon, comment surgissent ainsi ces images surexposées, intactes, et la sensation précise du plaisir. Comme si ce souvenir, d'avoir été si bien enfoui, n'avait pas subi le dommage du temps. Pour la première fois, il lui semble accéder à la mémoire des sens : un terrain vague, sans contour, coupé du reste de son anatomie, une zone interdite située à égale distance entre son sexe et son cerveau. Maintenant l'histoire renaît de ses cendres, se donne à lire et il cherche les fragments épars d'une douleur à laquelle il avait renoncé.

Il cherche l'exactitude des faits.

Pendant quatre mois, il avait menti. Il avait menti pour la voir, la caresser, la pénétrer, presque tous les jours. Il avait menti parce qu'à ce moment-là, dans le temps qu'il s'était imparti, plus rien d'autre ne comptait. Il avait vécu cette histoire sans peur et sans honte parce qu'il en avait lui-même énoncé le terme.

L'histoire devait finir comme elle avait commencé. Son mariage avec Élise constituait un terme rationnel, objectif. Il s'apprêtait à conclure un genre de pacte, lequel reposait sur un certain nombre de règles qu'il ne pouvait ignorer. Il allait promettre fidélité, respect et assistance. Pour le meilleur et pour le pire.

Mais l'essentiel n'était pas là. L'essentiel ne reposait sur aucun contrat, aucune cérémonie, l'essentiel n'avait besoin d'aucun témoin. Il avait envie de vivre avec Élise, d'être à ses côtés, il l'aimait comme il n'avait aimé aucune femme, il l'avait choisie. Avec Élise sa vie était devenue simple et dense. Étrangement harmonieuse. Avec Élise il avait senti qu'il pouvait mettre un terme au leurre avide et multiple dans lequel il avait toujours vécu.

Il avait quitté Sara, il l'avait quittée sans douleur. Sans regrets.

Il portait à l'annulaire gauche un anneau d'or blanc. Au début de leur mariage, ils étaient beaucoup sortis. Ils allaient au théâtre, aux vernissages, dînaient au restaurant, chez des amis.

Il n'avait jamais accepté de revoir les femmes qu'il avait aimées, qu'il fût ou non à l'origine de la rupture. Il avait refusé leur amitié, n'avait pas répondu à leurs lettres ni à leurs messages, n'avait jamais cherché à les rencontrer ni à les reconquérir. Après l'amour il n'y avait rien. Rien qui vaille la peine.

Mais Sara n'avait rien demandé. Elle n'avait pas écrit, ni appelé.

Il travaillait, prenait le métro, faisait des courses, il nageait plusieurs fois par semaine, lisait des revues et des romans, regardait des films : il vivait sans elle.

Au bout de quelques semaines, il avait fini par prendre conscience qu'elle vivait sans lui. Il avait renoncé à cette histoire et trouvait normal d'avoir la force d'y parvenir. Mais elle. Il avait du mal à comprendre que ce fût si facile.

Peut-être avait-elle rencontré quelqu'un d'autre.

Alors il s'était mis à l'imaginer, sans cesse, ses lèvres sur d'autres cils, son pied nu caressant la cheville d'un homme. Cette idée lui était vite devenue insupportable. Il avait voulu être pour elle le commencement et la fin de tout. Mais il n'avait été qu'un parmi d'autres ; ni le premier, ni le dernier. La vie lui offrirait d'autres hommes. Elle aussi l'oublierait : son visage, sa voix. Il n'avait pas laissé de trace.

Un soir il était revenu. En sortant d'un dîner chez des amis, il avait prétexté une forte migraine, il avait besoin de prendre l'air, de marcher seul. Élise avait pris la voiture.

Au milieu de la nuit, il avait frappé chez Sara. Elle était là. Sur le pas de la porte, elle l'avait pris dans ses bras. Ils étaient restés longtemps ainsi, enlacés. Et au moment de partir, il avait dit ces mots, ces mots insensés dont le sens ne pouvait être perçu que par lui seul : je ne suis pas sûr d'avoir la force.

Il était rentré.

Il est coupable de ça, ses poings frappant contre une porte, une nuit de doute, une nuit de folie.

La force, il avait su la trouver, lui qui était occupé à un autre amour.

L'été est venu. Les femmes portent des jupes courtes et des tee-shirts à fines bretelles, les fenêtres sont ouvertes, les cafés ont sorti quelques tables sur le trottoir. La chaleur est douce et enveloppe les corps. Parfois, en attendant que la nuit tombe, Matthieu traîne au hasard des rues. Il longe les façades, cherche le regard des femmes quand il les croise, mains dans les poches. Il marche droit devant lui, change de trottoir, il marche jusqu'à ressentir le relâchement des muscles et ce léger étourdissement, proche de l'ivresse, qui donne le signal pour rebrousser chemin. Il rentre chez lui, s'installe à sa table, tard dans la nuit il finit par s'endormir, la tête entre les bras.

Élise est partie. Souvent il s'approche du téléphone, compose le numéro de Laure, raccroche avant la première sonnerie. Élise est partie et il lui semble qu'il ne reste plus rien. Qu'elle a tout emporté. Il ouvre les placards, vérifie, il regarde les vêtements laissés sur les cintres, les livres sur les étagères, la chambre des garçons, il fait glisser sa main sur les lits, sur les tables, il évalue sous ses doigts la profondeur du vide. Sa perception de l'espace s'est modifiée. Depuis qu'il est seul. Mais peut-être cela avait-il commencé avant. Sans qu'il s'en aperçoive. Il évolue maintenant sur une surface relativement plane, jonchée de meubles encombrants et inutiles, se déplace avec précaution, dans une économie précise des gestes et des mouvements, il respire un air épais et vicié, tend parfois les mains pour avancer, là où la lumière ne pénètre plus. Les choses autour de lui se sont altérées jusqu'à lui devenir étrangères, ou peut-être est-ce lui qui ne sait plus les reconnaître, les choses sont posées, rangées, résolument muettes – et dans leur ordonnancement même se donne à voir une histoire qu'il ne sait plus lire. Il évolue dans un espace qui ne lui appartient plus, comme un ami de passage à Paris, à qui l'on aurait prêté un appartement, il s'attache à ne rien abîmer, ne rien casser, réfléchit pour se souvenir de l'emplacement des objets, remet ceux qu'il utilise à la place exacte où il les a trouvés. Élise est partie et il n'est pas capable d'appeler, de parler aux garçons, de passer les prendre, un après-midi, de les emmener goûter.

En fait, s'il y réfléchit, il lui semble qu'il est sorti de sa vie. Il s'étonne que cela puisse arriver comme ça, de manière aussi soudaine, aussi silencieuse, sortir de sa propre vie et ne plus pouvoir y revenir. Il a entendu des histoires de ce genre, sans y croire, des hommes qui disparaissent, du jour au lendemain, des hommes qui descendent acheter des cigarettes et ne reviennent jamais. Lui, il est resté. Mais c'est pareil. Il n'est plus capable d'appeler sa femme, de parler aux garçons. Depuis plusieurs semaines, il n'a pas prononcé leurs prénoms, ni regardé leur visage, il n'a pas remonté le drap sur leurs corps endormis. Il ne comprend pas comment c'est arrivé, si vite, sans qu'il s'en rende compte. Et il sent que cela pourrait continuer, comme ça, il n'a même plus besoin de fermer les yeux, c'est comme une pente très douce sur laquelle il suffit de se laisser rouler, comme un caillou, il sent qu'il pourrait s'éloigner encore, plus loin, sans hurler, et qu'il pourrait perdre tout ; sans un cri.

Il doit finir le livre. Ensuite il verra. Ce qu'il restera, quand il sera venu à bout. Là où il est, comme à la frontière de lui-même, il ne distingue plus rien, ni ce qui l'attache, ni ce qui l'emporte.

Maintenant qu'il approche de la fin, il n'est pas sûr d'avoir aimé Sara, de l'avoir aimée plus que les autres. Car la mémoire s'élabore, se reconstruit, par ajouts, par omissions, elle superpose, mêle à son insu le vrai et le faux, la vérité et la fable. La mémoire transforme, élague, se recompose, pour donner à voir une vérité acceptable. Il est si facile de se raconter des histoires, de nourrir des regrets, déchiffrer autour ou à l'intérieur de soi les signes du désir ou de la perte, et leur soudaine évidence.

Peut-être s'est-il seulement servi de cet amour inachevé, suspendu, parce qu'il était capable de nourrir le rêve.

Les lettres sont arrivées au bon moment. Il avait besoin de ça pour écrire. Il avait besoin de rejouer quelque chose, de sentir son cœur battre, à faire mal – et comme le désir peut encore durcir son sexe, habiter son corps, à son âge.

Comment peut-on renoncer à ça ?

Il s'est arrêté à hauteur du banc où elle était assise, avenue de la République, elle est restée ainsi, tête baissée, yeux rivés au sol, consciente d'être observée, espérant sans doute qu'il finirait par se lasser, puis, au bout de plusieurs minutes, elle a levé la tête vers lui.

De la ville émane une soudaine douceur, un relatif apaisement, les rideaux sont tirés, les volets fermés, le flux est moins dense, ralenti, comme chaque année, après le quatorze juillet. La femme au chapeau tient entre ses cuisses une bouteille de vin recouverte d'un sac en plastique. Elle porte une robe de viscose, d'une couleur indéfinissable, remontée à hauteur du genou. Matthieu hésite un instant, s'installe à côté d'elle, pendant un long moment il reste silencieux. Ses pieds balancent sous le banc, il a juste besoin de se poser quelque part, de reprendre son souffle, d'être à côté de quelqu'un. C'est elle qui brise le silence, il reconnaît immédiatement sa voix cassée, comme le reste, et il lui semble que cette voix s'infiltre aussitôt à l'intérieur de lui, s'insinue, s'éparpille, cherche au milieu des décombres un improbable accès à sa conscience.

— Ne me demandez pas si je me souviens de vous.

— Je n'en avais pas l'intention.

— Les gens s'inquiètent toujours de savoir si on se souvient d'eux.

Un rire bref secoue le corps de la femme, comme une mauvaise toux, tandis qu'elle se tourne vers lui.

— Je passe mon temps à raconter des histoires, ici ou ailleurs, je m'accoude aux tables et aux comptoirs, je me rapproche, j'entame la conversation, mais c'est juste une question d'hygiène, d'entretien, voyez-vous, je m'attache à ne pas perdre l'usage de la parole. Parce qu'on peut renoncer à beaucoup de choses, mais pas à ça. Parfois les gens m'écoutent, parfois non, ils m'oublient dès qu'ils ont le dos tourné, et moi aussi. La plupart du temps. Vous, je me souviens de votre visage, assis dans ce café, je m'en souviens parce que j'ai vu dans vos yeux ce désordre, cet égarement, et que pour vous c'était la première fois. Et depuis quelques jours, je vous regarde aller et venir, à la nuit tombante, vous avez l'air de chercher quelque chose ou quelqu'un.

— Je cherche une fin.

— Mon pauvre monsieur, ce n'est jamais fini.

Il s'est renfrogné. Il lui est désagréable qu'elle l'appelle monsieur, il lui semble qu'ainsi elle marque une distance, qu'elle laisse entendre une certaine ironie, là où il attendrait davantage de compassion. La femme au chapeau doit avoir à peu près son âge et il considère que le fait d'avoir en commun une génération devrait entraîner une forme de complicité, immédiate, ou du moins dispenser des formules d'usage. Tout à sa contrariété, il se tait. C'est elle qui reprend.

— Un livre n'est jamais fini. Même imprimé, il continue à vivre, comme un organisme autonome, appelle les ratures, les précisions, il souffre de ses amputations, il attend réparation. Un livre est comme un amour blessé, lacunaire, il contient en lui ce qu'il aurait pu être et qu'il n'a pas été, cet impossible retour en arrière, ce qu'on aurait dû dire, ce qu'on aurait dû taire, il porte en lui la douleur d'avoir été abandonné.

— Il faut bien que les livres s'achèvent. Mais vous avez raison. Quand il m'arrive d'ouvrir mon premier roman, dès la première ligne, je recommence à l'écrire.

— Et votre premier amour ?

— Je ne m'en souviens pas.

— C'est que vous n'avez pas souffert.

De nouveau, le silence s'installe, ils sont assis côte à côte, deux épaves échouées sur un banc de sable – voilà à quoi il pense, à ce moment précis, que rien ne les distingue, rien ne surprend dans leur association, rien n'étonne ni n'interpelle, d'ailleurs les gens défilent devant eux sans même un regard, parce qu'il est comme elle, exactement. Abîmé. Ils sont assis côte à côte et ils regardent les voitures qui passent, les chiens tenus en laisse, les gens pressés, ils contemplent la vie du dehors. La femme au chapeau s'approche de lui.

— C'est une histoire d'amour ?

— Oui, en quelque sorte.

— Ça pose toujours des problèmes, je veux dire, pour finir. Je suppose qu'il vous faut choisir entre l'issue tragique et le happy end. Et vous savez comme moi que le compromis n'intéresse personne. Il faut toujours un perdant.

— Croyez-vous que l'on puisse retrouver une femme, une femme qu'on aurait quittée, dix ans plus tôt ?

Elle soulève la bouteille coincée entre ses jambes et boit quelques gorgées au goulot.

— Une femme qu'*on* aurait aimée ?

— Je crois, oui.

— Vous croyez seulement…

C'est venu d'un seul coup. Il a souvent ressenti ce besoin qu'une femme le prenne dans ses bras, n'importe laquelle, même quand Élise était encore là, qu'une *autre* femme le prenne dans ses bras, et maintenant il en pleurerait presque, pour un instant s'abandonner, laisser peser son corps comme un poids mort. Il sort son paquet de cigarettes de sa poche, tend la main vers la femme au chapeau et, comme elle décline la proposition d'un signe de tête, se sent obligé de se justifier.

— J'ai essayé d'arrêter plusieurs fois, mais les patchs provoquent des allergies cutanées et les chewing-gums me donnent la nausée…

— Ça situe le personnage.

Matthieu sourit. La flamme de son briquet éclaire un instant son visage, ses yeux qui brillent. D'une voix sourde, il poursuit.

— Pensez-vous que l'on puisse retrouver une femme qu'on a aimée, d'un amour différent, unique, d'un amour qu'on croyait avoir oublié ?

— Est-ce qu'on quitte une femme qu'on aime, monsieur, je vous retourne la question. Le sacrifice, la punition, le renoncement, pardonnez-moi, c'est bon pour la littérature, « quand on aime il faut partir », « je t'aime donc je te quitte », « ni avec toi ni sans toi », laissez-moi rire. Quand on aime on s'accroche, on s'incruste, on s'agrippe, on se cramponne, monsieur, on rampe, parce qu'alors il n'y a pas de limites, il n'y a pas de choix.

— Et s'il s'agissait d'un amour sans repos, un amour… insupportable ?

— Par définition l'amour est insupportable, monsieur. L'amour est une plaie. Au sens propre. D'abord blanche, nette, elle ne tarde pas à saigner, parfois elle s'infecte, parfois elle se dessèche, elle démange, au-dessus d'elle se forme une croûte sombre qu'on s'efforce de ne pas arracher. L'amour finit toujours par se transformer en cicatrice, plus ou moins vaste, plus ou moins silencieuse. La question n'est pas de savoir si l'amour est supportable ou non. La question est de savoir si l'on se protège ou si l'on s'expose. Si l'on vit à l'abri ou à découvert. Si l'on est prêt à porter sur soi la trace de

163

nos histoires, à même la peau. Quand j'avais trente ans j'ai rencontré un homme. Il a suffi que l'on se regarde pour savoir, je veux dire pour comprendre, qu'on pouvait tout y laisser. C'était un amour qui faisait mal, tout le temps, mal au cœur, mal au ventre, dans l'absence, mais aussi dans la proximité, il y avait cette peur, qui ne cessait jamais, la peur de se perdre. Il devait partir à l'étranger. Il m'a demandé de le suivre. Je sentais combien cet amour entamait mon corps, combien déjà il me consumait. Je suis partie avec lui. J'ai pris ce qu'il y avait à prendre. Je savais, depuis le début, que je serais celle qui pleure. Un jour, il m'a quittée. Parce que l'amour s'use, comme le reste. Je suis revenue. Je ne pouvais plus vivre comme avant, mettre le réveil à sonner, aller travailler, prendre le métro, passer des coups de fil, me maquiller, faire la cuisine, le ménage, me coucher dans des draps propres. J'étais brisée et je voulais que ça se voie, de l'extérieur. J'ai entamé mon corps de toutes les manières que la vie met à notre disposition. Je suis une femme abîmée, monsieur, ravagée d'alcool, d'attente, de nuits passées dehors, de jours sans douche ni bain, de marches vaines, le cul usé par des bancs comme celui-ci, faute de mieux. Je ne regrette rien. Si j'étais restée, c'eût été pire encore.

La femme se tait. Sa bouteille est vide. Elle fait mine de rajuster son accoutrement, tire sur sa robe, replace son chapeau, s'apprête à prendre congé. Matthieu s'écarte légèrement. Il se souvient qu'au café où il l'avait rencontrée, quelques mois plus tôt, il avait été frappé par l'état de ses mains, sèches et rougies par le froid. Dans l'obscurité, il les devine maintenant comme elles devaient être autrefois, longues et fines. La femme se lève et se poste devant lui.

— Nous perdons notre temps. Il s'agit bien d'un livre, n'est-ce pas ?

Il acquiesce.

— Alors c'est à vous d'en décider. Pourquoi faut-il que les histoires soient vraisemblables ?

Dans un large sourire, elle dévoile la petite fente qui sépare ses deux dents, au milieu de la rangée supérieure, puis ramasse la bouteille posée par terre.

L'air s'est rafraîchi. Matthieu se lève et enfile sa veste.

— Voulez-vous boire un verre ?

— Non, merci, monsieur. Passé minuit, je me transforme en princesse : diadème, robe de taffetas, chaussons de vair et tout le tralalala, vous savez ce que c'est, l'heure du bal…

Ils se saluent en se serrant la main. La femme au chapeau s'éloigne, il la regarde, sa démarche lente, hésitante, elle tire derrière elle une valise à roulettes, elle ne se retourne pas. Un peu plus loin, elle disparaît dans l'un de ces hôtels miteux dont les chambres se louent au mois. Matthieu fait demi-tour. Il marche d'un pas rapide, encore sous l'influence de cet échange, cherche à se remémorer les phrases qui ont été dites, qu'il interprète à chaque fois d'une manière différente, comme s'il devait y trouver une réponse.

En entrant, il allume toutes les lumières de l'appartement, enlève son pull, prépare du café, puis s'installe sur la table de la cuisine avec son manuscrit. Il relit tout, depuis le début, il barre, il rature, jette l'excédent – feuilles obscures, inutiles, vaines digressions –, il froisse, sans atermoiements ni pitié, laisse tomber à ses pieds les boules de papier comme autant de peaux mortes.

La nuit est tombée, elle est toute à lui, il est seul et il veille dans la ville endormie. Il sait que c'est la dernière, qu'à l'aube il aura fini. Il dormira une heure ou deux, avant de partir à l'agence, ou bien il fera couler un bain et, dans cette chaleur engourdie, perdra peut-être la sensation de son corps.

Élise est partie en Bretagne avec les garçons. Elle l'a appelé pour le prévenir, elle a demandé s'il était allé voir un médecin.

Il a dit qu'il allait le faire. Il a dit qu'il irait les rejoindre. Bientôt.

Il a retardé le moment de remettre le manuscrit entre les mains d'un autre, plusieurs mois de travail rendus soudain si vulnérables, il l'a gardé près de lui, le jour, la nuit, pour être sûr qu'il ne parte pas en poussière, comme le reste, autour de lui.

Il a fini par porter le livre, un petit paquet de feuilles entourées d'un élastique, qu'il a déposé sur le bureau de son éditeur. Il n'a rien dit. Il avait fini et le reste n'avait plus d'importance. Il est descendu dans le métro pour rentrer chez lui. Entre les rails gisait un rat crevé dont lui seul percevait l'odeur.

Il s'est arrêté dans le hall de l'immeuble, face au

miroir. Il est resté longtemps à observer son image, et combien il avait changé, durant ces quelques mois, combien son corps s'était modifié, plus serré, plus sec. Il s'est approché pour voir son visage, les plis du front, les mâchoires saillantes, les cernes mauves sous les yeux.

Il n'ira pas au Café des Bulles, ni chez Sara, ni à aucun endroit où il pourrait la trouver. Il a refermé la porte derrière lui, il a tiré les rideaux, il s'est allongé dans l'obscurité.

Il a fini le livre et il va rester là. Il se débarrassera des images et du reste, car il faut que son corps se vide des souvenirs et des réminiscences, qu'il s'assèche, pour que rien ne subsiste du rêve ni de la fable. Il oubliera. Il a encore la force.

Il sait maintenant que la mémoire se réécrit sans cesse, qu'il y a mille façons de raconter les histoires. Il a froid sous les draps, il sent que quelque chose le quitte, l'abandonne, c'est l'affaire de quelques heures ou de quelques jours, peu importe le temps que cela prendra.

Il n'ira pas au Café des Bulles, ni chez elle, ni nulle part ailleurs, non il n'ira pas car il n'a plus besoin de ça, il n'a plus besoin de rien, les bras le long du corps il attendra le sommeil ou autre chose, plus profond, plus lourd, quelque chose qui ressemblerait à la mort mais qui serait la vie au contraire, tout au moins l'illusion de la vie, parler, tenir debout, manger, gagner de l'argent, c'est tout ce qui compte, être capable aussi de tenir un stylo entre ses doigts.

Une voix synthétique lui a annoncé que le vendeur du poste quatre-vingt-dix-neuf allait traiter sa demande. Il a raccroché.

Il a rappelé quelques minutes plus tard, le vendeur du poste soixante-douze a pris son appel. Il n'avait pas parlé depuis cinq jours, les mots avaient été roulés dans une pâte collante et peinaient à se faire entendre. Il a demandé un aller simple pour Quimper mais lorsqu'il lui a fallu choisir un horaire, pris de court, il a raccroché.

Une heure plus tard il a de nouveau composé le numéro du service de vente et de réservations de la SNCF, le vendeur du poste quarante-quatre était une jeune femme à l'accent méridional. Il a noté le numéro du dossier et payé par carte bancaire.

Le surlendemain, il s'est rendu à la gare Montparnasse. Il a retiré son billet en tapant son numéro de réservation sur un automate situé dans le hall de départ, au pied duquel il a failli oublier le sac de sport qu'il avait rempli de quelques affaires.

Il est monté dans la voiture dix-neuf, s'est assis à sa place. Quand une voix féminine a annoncé le départ imminent du TGV huit cent cinquante-quatre à destination de Quimper, il est descendu précipitamment.

La veille il avait téléphoné à Élise, il avait dit qu'il allait venir.

Mais il ne peut pas. Les gens autour de lui se pressent, montent dans des trains, s'embrassent, ces gens qui savent où ils vont, d'où ils reviennent, mais lui non.

Il est lavé de tout peut-être mais il est vide aussi et quand il pense à ses fils il lui semble qu'il n'aura plus jamais la force d'être dans leur regard.

Depuis presque un an Matthieu Brin vit seul dans un appartement du XXe arrondissement, à trois stations de métro de son ancien domicile. Il prend ses enfants un week-end sur deux et tous les mardis soir. Il les emmène au planétarium, au cinéma, à la bibliothèque. Ils jouent aux cartes, se racontent des blagues, font du roller le long des contre-allées, louent des DVD et mangent des pizzas devant la télévision. Le dimanche soir il les raccompagne chez Élise, il reste dans l'entrée, ils échangent quelques mots sur la prochaine réunion de parents d'élèves, l'usure des baskets ou la date des vacances scolaires. La porte se referme derrière lui comme un coup de poing. Un dimanche sur deux il manque de s'asseoir sur le trottoir, en bas de son ancien immeuble, et de poser son visage entre ses mains pour pleurer.

Mais chaque fois il traverse la rue, remonte le col de son manteau, presse le pas jusqu'au métro.

Ils se sont séparés quand Élise est rentrée de Bretagne, l'été dernier. Jamais il n'avait éprouvé de plus grande souffrance et pourtant il était parti. Parce que rien d'autre n'était possible. Ils ont discuté ensemble des modalités de garde, les choses se sont faites sans colère. Un matin il lui a rendu la clé de l'appartement, il a pris les derniers sacs de vêtements.

Il a laissé derrière lui ses plus belles années et ses rêves dévastés.

Rien jamais ne serait plus violent. Pourtant il tenait debout.

Quand il s'est installé dans ce petit trois-pièces, il a posé les cartons à même le sol, sorti quelques affaires, il est allé chez Ikea acheter des lits et des matelas, quelques paires de draps, un rideau de douche et de la vaisselle. Et puis il n'a plus rien touché. Chaque matin il s'est réveillé en sursaut, avec la même angoisse, insoutenable, chaque matin il est entré dans sa cuisine avec cette sensation de vertige, et cette question qui revenait sans cesse : qu'est-ce que je fais là ?

Au bout d'un mois ou deux, il s'est décidé à faire quelques travaux. Les murs de la salle de bains étaient recouverts d'un papier noir à fleurs roses qu'il a entrepris de décoller. Il a lessivé les deux chambres et le salon, et repeint tout l'appartement en blanc.

Sur ses lunettes avaient séché quelques éclats de

peinture satinée, il les rangées dans leur étui et a cessé de les porter.

Il lui a fallu quelques semaines pour se réhabituer à se mouvoir sans perspective, dans cet environnement légèrement flou qui lui avait été si familier.

Le livre est sorti aux premiers jours de janvier.

Il traînait dans les rayons d'un supermarché, une femme s'est avancée vers lui, d'un pas décidé, il lui a semblé qu'elle lui souriait, de là où il se trouvait il ne pouvait pas encore la reconnaître, il a attendu qu'elle arrive à sa hauteur et s'arrête devant lui. La femme du magazine lui a tendu la main, il l'a remerciée pour l'article qu'elle avait fait sur son deuxième livre, lui a demandé si elle habitait le quartier, ils se sont dirigés ensemble vers les caisses, elle lui a proposé de boire un verre.

À la terrasse d'un café il a posé ses sacs au pied d'une chaise, il a commandé une bière, elle s'est assise en face de lui, dans la même position attentive que la première fois. Dans la douceur de ce regard il lui a semblé soudain si facile de parler.

Pendant deux heures, il lui a tout raconté : le succès inattendu du premier livre, cette brèche ouverte, la peur de ne plus pouvoir écrire, les quatre lettres de Sara, ces quelques mois qui avaient bouleversé sa vie, jusqu'à la dernière enveloppe qu'il avait trouvée en rentrant de la gare Montparnasse, ce jour où il n'avait pas pu partir rejoindre Élise, cette enveloppe qu'il n'avait jamais ouverte.

Elle l'a écouté sans rien dire, en buvant du thé. Quand il a eu terminé, il a regardé sa montre, il s'est excusé, il n'avait parlé que de lui, il espérait ne pas lui avoir fait perdre de temps.

La femme du magazine a souri, elle a juste dit :

— Vous devriez la lire.

Ils se sont quittés devant le café, la rue vibrait de l'effervescence du samedi.

Il a déposé les sacs dans la cuisine, attrapé un tabouret pour accéder au placard de l'entrée. Dans une boîte à chaussures où il avait rangé des talons de chéquier, il a retrouvé les cinq lettres de Sara. La dernière était datée du mois de juillet de l'année précédente, l'enveloppe était longue et épaisse, comme les autres, fermée.

Les lettres avaient cessé, mais il avait continué à penser à elle, il aimait l'idée que leurs vies puissent se poursuivre ainsi, parallèles, sans qu'ils n'aient jamais à se rencontrer. Il aimait l'imaginer heureuse.

Il a ouvert l'enveloppe et lu la lettre, et puis il est resté longtemps immobile, il lui a semblé que quelque chose s'apaisait, à l'intérieur de lui.

Devant le Monoprix, Élise l'attendait, elle portait une jupe à rayures multicolores, ses jambes étaient bronzées, ses épaules nues. Matthieu l'avait appelée le matin même, il avait dit j'aimerais qu'on se voie, tous les deux, aujourd'hui, si tu peux. Dans la lumière blanche elle est venue à sa rencontre, il aurait reconnu sa silhouette entre mille, elle souriait. Ils se sont rapprochés l'un de l'autre, hésitants, ils sont restés ainsi, face à face, sans se toucher.

Ils ont déjeuné ensemble dans un restaurant de son ancien quartier, ils ont beaucoup bu et beaucoup ri, Élise était gaie et volubile, elle lui a raconté des tas d'histoires, dans le désordre, elle était comme elle avait toujours été : sans amertume.

Lorsqu'ils se sont levés pour partir, il s'est approché d'elle pour respirer ce parfum acidulé qu'elle porte l'été.

Il l'a regardée s'éloigner, sa jupe flottait dans le vent,

avant de tourner au coin de la rue elle s'est retournée pour lui faire un petit signe de la main.

Alors il lui a semblé que tout s'était tu, autour de lui, le mouvement et le bruit, et que rien jamais plus ne pourrait l'éloigner d'elle, aucune image, aucun mot.

J'ai acheté hier une robe noire à bretelles, cintrée à la taille, fluide sur la cambrure des reins. J'ai acheté un nouveau jean et des nu-pieds minimalistes. J'ai jeté à la poubelle le vieux tee-shirt Mickey qui, l'hiver, me faisait office de chemise de nuit. J'ai vidé les flacons des parfums éventés que je ne porte plus.

Au Café des Bulles, je regarde ce serveur aux mains longues et aux yeux noirs. Il s'appelle Cédric. Le jeu a commencé, instinctif. Je le regarde, il sait que je le regarde, il surprend mon regard, je surprends le sien. Le soir les tables se remplissent vite. Je fais mine de lire et je l'observe aller et venir, je suis des yeux les plateaux chargés de bouteilles tremblantes, de verres vides et de cendriers pleins, j'assiste, silencieuse, à cette danse qui ne connaît pas de temps mort, exécutée sans faux pas, précise dans le geste, rapide dans le mouvement. Je ne me lasse pas de ce jeu où le regard se suffit à lui-même, dans une économie de paroles qui n'est pas pour me déplaire. Pourtant la fin de la partie est annoncée, je le sais, je le vois qui s'approche, prêt à rompre le pacte qui nous lie, il aimerait connaître mon prénom, m'offrir quelque chose, il hésite à s'asseoir quelques minutes, se ravise. Je me limite aux mêmes mots, un verre de vin, un kir, un café, s'il vous plaît, mais plus le temps passe plus il m'est difficile de m'arrêter là, de ne pas l'attraper par le bras, assieds-toi un instant, je m'appelle Sara, je te regarde depuis des semaines, j'ai acheté une robe pour te plaire, je ne sais plus comment on fait pour séduire un homme.

J'ai passé dix ans de ma vie à t'attendre. C'est vertigineux. Je sais aujourd'hui que l'attente creuse, mais qu'elle comble aussi. L'attente ouvre une brèche par laquelle les jours viennent s'engouffrer, semblables et tranquilles, par laquelle le temps s'accumule, s'amalgame, et forme peu à peu une boule compacte, sans aspérités, qui remplit l'espace.

Je raconte, au fil de ces lettres, une histoire qui malgré moi prend forme dans l'écriture. Soustraite à sa vacuité, elle avance par bribes arrachées à l'ennui vers un sens qui lui échappe encore. J'ai condensé en quelques lignes des années d'immobilité, leur conférant ainsi une extériorité qui me soulage. Contraintes à l'espace de la page, réduites à quelques mots, rendues à la matière, chiffonnables, jetables, elles perdent leur sens premier.

Les histoires, il y a celles dont on se souvient, celles dont on rêve, et puis celles des autres : autant de miroirs sans fond recouverts par le verbe.

J'aime cette heure, si lourde, quand les murs restituent, intacte, la chaleur de la journée. J'écris une lettre. Elle commence comme toutes les autres, Matthieu, cher Matthieu, mon amour perdu. Naïve et décousue, elle se construit par petites touches, quand la nuit tombe. Elle traîne dans mon sac depuis plusieurs jours. Je sais maintenant que c'est la dernière. Je sais qu'elle s'adresse à toi, Matthieu Brin. Maintenant que tu en as adopté un autre, il me semble que ce nom m'appartient. Au fil des années, j'ai créé pour m'accompagner un être fictif, recomposé, modelé sous les doigts, conforme au besoin extrême que j'avais de toi. Tu n'avais pas d'autre réalité que celle-ci, surgie du manque, façonnée par l'attente, réinventée. Tu n'avais pas d'autre réalité que cet impossible oubli.

Et puis, un matin d'automne, tu étais là. Tu n'étais pas revenu mais tu étais là. Partout. Dans les journaux, à la radio, à la télévision. Je t'ai haï pour ça. Comme si tu ne pouvais pas rester dans le silence. Tu avais écrit un livre et on ne parlait plus que de toi. De cette noirceur. Tu étais là et tu étais un autre. Cet homme, je le connaissais. Tout en lui, ses yeux, son sourire, ses mains, m'était familier. Tout en lui, pourtant, m'échappait. Cet homme sans le savoir étalait devant moi l'espace clos de ces dix années,

181

cette chronologie muette dont le tracé plat m'apparaissait soudain dans son immense vacuité. Je t'avais aimé là où tu n'étais pas, là où tu ne serais jamais.

Je t'ai écrit pour que l'histoire s'achève.

Dès la première lettre, j'ai cessé de t'attendre.

Il y a quelques jours, j'ai compris que j'allais mourir. Cela peut sembler paradoxal d'avoir attendu si longtemps pour en prendre conscience, je veux dire pour quelqu'un qui a attenté plusieurs fois à ses jours. Samedi matin, je me suis réveillée et l'idée s'est imposée avec une autorité soudaine : je vais vieillir et je vais mourir. Ce n'était plus seulement un principe objectif, une connaissance raisonnée, intellectuelle, c'était devenu quelque chose de palpable, ancré dans le corps, quelque chose qui venait de la nuit même ; quoi que je fasse, indépendamment de toute volonté ou de tout désespoir, j'allais mourir. J'avais le pouvoir de devancer l'appel, mais je ne pouvais pas y échapper. Je me suis levée, j'ai regardé l'heure, j'ai pris une douche, j'ai rempli un sac avec quelques affaires, je suis montée dans le premier train.

Je les ai trouvés au fond du canapé, comme je les avais laissés quelques mois plus tôt, les bras croisés dans la pénombre, leurs visages fatigués nimbés par la lumière bleue de l'écran. Je n'avais pas prévenu. Ma mère s'est avancée vers moi, hésitante dans sa blouse à fleurs. J'ai dit j'avais envie de vous faire une surprise. Mon père a ouvert les rideaux, le soleil de midi tombait droit dans le jardin. Il a éteint la télé, nous avons sorti la table et les chaises du garage, nous avons déjeuné dehors. Et puis après nous sommes restés là, malgré la chaleur, à respirer le parfum des arbres.

Le lendemain je suis rentrée à Paris par le train de nuit, j'ai attrapé le premier métro, déposé mon sac chez moi et pris une douche. Sur le chemin de mon travail, je me suis arrêtée au Café des Bulles, j'ai demandé un crème. J'ai écouté autour de moi cette effervescence du matin, les pronostics du tiercé, les commentaires sur l'émission de variétés de la veille, le petit blanc qui glou-gloute quand on penche la bouteille, au loin la rumeur de la ville.

Alors il m'a semblé que c'était la vie qui était là, la vie dans ce qu'elle a de plus fragile et d'infiniment tenace, la vie comme un théâtre d'ombres, enfin rendues à la matière.

Le soir j'y suis retournée. Quand je suis entrée dans le bar j'ai tout de suite vu qu'il était là, derrière le comptoir. Il m'a semblé qu'il me souriait. Je me suis assise sur un tabouret, il était tôt et la salle était vide. Cédric s'est penché vers moi, il portait une chemise rouge, il s'est approché de mon visage, ses mains posées à plat sur le zinc brillant, fines, nerveuses, il a dit si bas que j'aurais pu ne pas l'entendre : qu'est-ce que tu veux ? Il avait *choisi ce soir-là pour me tutoyer, comme il se serait adressé à une vieille connaissance, une voisine que l'on croise tous les matins en descendant sa poubelle, ou à un pilier de bar. J'ai retrouvé, dans l'inflexion de sa voix, cette douceur qui m'avait émue la première fois. J'ai pensé : je le veux. Tout mon corps s'était tendu vers lui, j'aurais voulu prendre son visage entre mes mains et lui dire ça : je te veux.*

Il m'a servi un verre de vodka sans me quitter du regard. Je me suis retournée pour ne pas perdre tout à fait ma contenance, et j'ai vu qu'il n'y avait personne d'autre : lui, moi et Muse à la radio. J'ai bu trop vite, les larmes me sont venues aux yeux, j'ai laissé la chaleur de l'alcool monter lentement du ventre vers la gorge, j'ai senti que ça explosait dans ma tête comme un petit feu d'artifice.

— J'ai usé les chaises de tous les cafés du coin avant de m'arrêter dans celui-ci. J'ai lu trop de livres et il me semble que je n'ai pas dormi depuis des mois. J'ai perdu le stylo plume que j'avais gardé depuis l'âge de onze ans et je viens seulement de comprendre que j'avais envie de vivre debout. J'ai acheté une robe noire et un nouveau jean, et maintenant je cherche quelqu'un qui pourrait m'emmener loin d'ici, même si ce n'est qu'à dix mètres.

Il a ramassé d'un geste rapide la mèche de cheveux qui lui tombait sur le visage, il s'est appuyé sur les coudes, en face de moi, il ne souriait plus. J'avais réfléchi toute la journée à la manière de lui présenter les choses, j'avais répété sur tous les tons, conjugué à tous les modes, j'avais imaginé des entrées en matière, des phrases qui font mouche, j'avais cherché le timbre le plus profond, j'avais synthétisé, prévoyant que je disposerais de peu de temps, j'avais retourné ces mots dans tous les sens, cherchant le meilleur, le plus efficace, mais une fois en face de lui, avec cette foutue vodka qui me trouait l'estomac, j'avais tout mélangé. Je me retrouvais vissée sur un tabouret de bar, muette, les joues en feu, j'attendais que la foudre tombe, qu'il éclate de rire ou me tourne le dos dans un haussement d'épaules, j'attendais qu'il se passe quelque chose, que le disque s'arrête, qu'une table de douze personnes s'installe, assoiffée, impatiente, que quelqu'un fasse diversion. D'où m'était venue cette idée de venir tôt, pour éviter le bruit, pour profiter d'une heure tellement creuse que je m'y enfonçais maintenant sans lutter ? Cédric me dévisageait, cherchait au-delà des paupières, au-delà du trouble, cherchait à l'intérieur, dans ce nid douloureux que l'attente avait creusé, quelque chose qu'il ne trouvait pas. Il ne se passait rien, rien d'autre que son regard posé sur moi, comme un reproche, comme il m'eût montrée du doigt, comme il m'eût désignée parmi cent autres, anéantie par le poids de cette demande confuse, déplacée, ridicule. Comment avais-je pu imaginer convaincre un homme à qui je n'avais jamais adressé une phrase de plus de trois mots, toujours ponctuée d'un s'il vous plaît ou d'un merci, de m'emmener avec lui ?

Il a approché sa main de mon visage et il s'est arrêté

*là. Ses doigts près de mes paupières, son geste suspendu,
mes yeux brûlés par la honte.*

*Il a attrapé un autre verre et s'est servi une vodka. Il
m'a souri et il a dit :*

— Je termine à deux heures.

Du même auteur :

Jours sans faim (sous le nom de Lou Delvig), Grasset, 2001.
Les Jolis Garçons, Lattès, 2005.
Un soir de décembre, Lattès, 2005.
Les Heures souterraines, Lattès, 2009.
No et moi, Lattès, 2010.
Rien ne s'oppose à la nuit, Lattès, 2011.
D'après une histoire vraie, Lattès, 2015.
Les Loyautés, Lattès, 2018.
Les Gratitudes, Lattès, 2019.